KB043024
경험 많은 너와 경험 없는 내가
사귀게 된 이야기.
1

쿠로세 마리아

작품 중반에 등장하는 전학생. 모두가 좋아하는 흑발 미소녀지만 과거에 류토와 살짝 어떤 인연이 있었는데……. 게다가 루나와도 무관하지 않다고?!

characters

카시마 류토

동영상 사이트를 보는 걸 좋아하는 조금 내향적인 고등학생. 벌칙 게임을 계기로 동경하던 루나에게 한바탕 깨질 각오로 고백하게 된다.

시라카와 루나

스쿨 카스트 최상위 그룹에 위치하는 미소녀. 항상 남친이 끊이지 않는 소녀로 여러 소문과 수많은 남학생들의 망상을 불러일으켜 왔다.

아, 그거?…… 좋아.

빈틈 발견……!!!

경험 많은 너와 경험 없는 내가 사귀게 된 이야기.

나가오카 마키코 지음
magako 일러스트

CONTENTS

프롤로그

시라카와 루나는 우리 학년에서 제일가는 미소녀다.

시라카와의 존재감은 1학년 때부터 유명해서, 나 같은 아웃사이더에게도 '학년에서 제일가는 미소녀'라는 소문이 들려올 정도였기에 나는 일찌감치 그녀를 인식하고 있었다.

하지만 '학년 제일'이라는 건 전교 여학생들의 외모를 다 파악하고 있는 사람이 없어서 편의상 그렇게 불리는 것일 뿐, 아마도 높은 확률로 '학교에서 제일가는 미소녀'일 것이었다.

그도 그럴 것이 시라카와에게는 남심을 술렁이게 만드는 소문이 있었다. 그것은 '남자를 어찌나 밝히는지 한 명으로는 만족할 줄 몰라서 남친이 수시로 바뀐다'는 것이었다. 관계도 길어봤자 2, 3개월 지속되는 게 다였고, 사귀는 사람도 연상이었다 같은 학년이었다 운동부원이었다 문예부원이었다 해서 취향을 종잡을 수가 없다고 했다.

그래서인지 '그럼 나한테도 기회가 있을지도'라며 수작을 부리는 녀석들이 꼬리에 꼬리를 물었다. 시라카와가 헤어졌다는 소문이 들려올 때마다 별로 잘나지 않았음에도 그녀 주위를 하이에나처럼 어슬렁거리는 남자들의 무리는 그저 우스꽝스럽게만 보였다.

그렇다, 나는 내 분수를 알고 있었기에 시라카와와 사귈 수 있으리라는 헛꿈은 꾸지도 않았다. 먼발치에서 가끔 눈 보신이나 하면 그걸로 충분했다.

시라카와는 나에게는 태양 같은 존재였다.

눈이 부셔서 직시할 수조차 없는. 너무 가까이 다가가면 나 같은 아싸는 틀림없이 꽥 소리를 지를 새도 없이 다 타서 재가 돼 버릴 것이다.

태양이 찬란하게 빛날수록 그림자는 더욱 짙어지고 어두워진다. 아름답게 반짝이는 시라카와를 볼수록 나는 자신이 음침한 아싸라는 사실을 자각한다. 말을 걸어보려는 생각은 털끝만큼도 없었다.

아싸는 아싸답게. 시라카와를 향한 동경은 마음속에만 담아둔 채.

평온한 학교생활을 보내려면 그게 제일이니까.

제 1 장

고등학교 2학년으로 진급하면서 맨 처음 생각했던 건 '시라카와와 같은 반이 될 수 있어서 행운'이라는 것이었다.

시라카와는 무지막지하게 귀여웠다. 내가 보기에 그 미모는 TV에서 활약하는 10대 여배우들과 비교해도 손색이 없는 걸 넘어 오히려 더 예뻐 보였다.

커다래서 인상적인 두 눈에, 긴 속눈썹. 콧방울이 작고 날렵한 콧날. 입 끝이 올라간 오밀조밀한 입술. 각각의 파츠들이 조막만 한 얼굴 안에 완벽한 균형으로 배치돼 있다.

비율도 좋아서, 멀리서 걷고 있는 모습만 보면 꼭 모델 같았다. 말은 그렇게 해도 진짜 모델처럼 마르고 홀쭉한 건 아니다. 짧은 스커트 아래로 뻗은 허벅지는 적당히 육감적이었고, 항상 두 개 정도 단추가 풀려 있는 블라우스 옷깃 사이로는 풍만한 가슴골이 어른거렸다. 최고다. 나는 갸루* 같은 스타일을 좋아하지 않지만, 느슨하게 웨이브가 들어간 밝은 갈색 롱 헤어도 그녀가 하고 있으면 오히려 섹시하게만 보이니 신기했다.

시라카와와 사귈 수 있다면.

시라카와와 데이트할 수 있다면.

* 영어의 girl에서 유래한 단어로, 염색 머리, 진한 화장, 노출이 많은 복장 등을 한 젊은 여성을 말한다.

그런 망상을 하는 남학생은 교내에 이루 헤아릴 수 없이 많을 것이다.

그 꿈을 현실로 만들고자 같은 반이 된 것을 빌미로 냉큼 그녀 주위를 어슬렁거리기 시작한 남학생도 있었다.

하지만 나는 전집중 아웃사이더의 호흡*을 유지하고 있었다. 어차피 상대해 주지도 않을 텐데 그런 꼴사나운 짓을 할 생각은 없었다.

아무리 같은 공간에 있어도 사라카와와 나 사이에는 아크릴판보다 두껍고 보이지 않는 간극이 있었다. 자연적인 사회적 거리두기라고나 할까.

이 거리가 줄어드는 일은 영원히 없겠지.

나는 그렇게 생각하며, 그녀의 아름다운 얼굴을 먼발치에서 바라보았다.

하지만 그 순간은 느닷없이 찾아왔다.

시라카와와 같은 반이 된 지 며칠이 지난 어느 날의 일이었다. 종례 때 시라카와가 담임에게 프린트를 제출했다. 학부모회 알림에 관한 회답용지로, 어제 제출해야 하는 걸 까먹은 학생들만 담임의 말에 제각기 자리에서 일어나 앞으로 나섰다.

내 이름은 '카시마 류토'였기에 출석번호 순대로 배치된 자리가 때마침 맨 앞줄에다 교탁 근처에 위치하고 있었다. 교실 뒷자리에서 한 손에 유인물을 들고 눈앞에 나타난 시라카와를 별생각 없이 눈으

* 전집중 아웃사이더의 호흡 : 귀멸의 칼날의 패러디.

로 좇던 때, 일이 터졌다.

"시라카와, 여기 이름이 안 적혀 있는데."

시라카와가 제출한 용지를 받아든 담임이 그렇게 말하며 그녀에게 친절하게 유인물을 내밀었다.

"아, 진짜다."

받아든 프린트지를 확인한 시라카와가 짧은 스커트를 나부끼며 뒤돌아보았다.

그리고는…… 불시에 벌어진 일이라 미처 시선을 피하지 못했던 나를 향해 입을 열었다.

"있지, 샤프 좀 빌려 줄래?"

심장이 입 밖으로 튀어나오는 줄 알았다.

"으아? 어응……."

간신히 그렇게만 대꾸하고는 필통에서 샤프를 꺼냈다. 이상한 소리를 내긴 했지만, 그럭저럭 아슬아슬하게 손을 떨지 않고 건네는데 성공했다.

시라카와는 냉큼 그것을 받아들더니 내 쪽으로 몸을 기울였다.

"……?!"

웬걸, 그녀가 내 책상에서 회답용지에 이름을 쓰기 시작했던 것이다.

진땀이 날 만큼 심장이 두근거렸다. 코앞에서 시라카와를 볼 수

있는 기회에 가슴이 다 떨렸다.

가까이에서 보는 시라카와의 내리깐 긴 속눈썹이 눈부셨다. 숙여진 가슴 앞쪽에 난 골도 보고 싶은데, 각도 때문에 블라우스에 가려 보이지 않는 게 답답했다.

그나저나 참 인사이더였다. 나였다면 설령 내 자리가 100미터 뒤에 있다고 해도 꾸역꾸역 돌아가 이름을 적었을 텐데, 그녀는 효율을 중시해선지 한 번도 얘기를 나눠본 적 없는…… 아마 이름조차 알지 못할 남학우에게 아무렇지 않게 펜을 빌렸다. ……그 심리를 나는 죽었다 깨어나도 이해하지 못할 것 같은 기분이 들었다.

시라카와를 관찰하다 보면 다분히 그런 구석이 눈에 띄었다. 본인은 늘 수많은 인싸 친구들에게 둘러싸여 있는 선택받은 사람이면서도, 아싸 그룹에 속하는 학생들에게도 기회가 되면 스스럼없이 말을 걸었다. 그런 모습을 1학년 때 먼발치에서 몇 번인가 목격한 적이 있다.

그건 진성 인싸라서 가능한 걸까? 절대적인 인망이 있어서 주변 사람들의 시선을 신경 쓴다고 아싸를 피하며 슬슬 눈치를 볼 필요가 없는 것일지도 몰랐다.

예상치 못한 접근에 당황해 주마등 같은 스피드로 그런 생각을 하고 있을 때, 이름을 다 적은 시라카와가 고개를 들어 나를 보았다.

"고마워!"

찬란하도록 아름다운 미소. 돌려받은 샤프펜슬의 온기.

강렬한 어퍼컷이었다.

고작 그뿐인, 시간으로 치면 몇 십 초 동안 일어난 일.

하지만 그것은 내가 시라카와에게 호감을 갖기에 충분한 사건이었다.

상상해 보라. 포스터에서 튀어나온 듯한 미소녀가 눈앞에서 '고마워!' 하고 미소를 지어 주는 광경을. 그리고 내가 16년을 여친 없이 보냈고, 동시에 이성에 대한 관심만큼은 비상한 아싸 남자라는 것도 덧붙여 보라.

당연히 사랑에 빠지지 않겠는가?

그런 이유로 나는 시라카와를 좋아하게 되었다. 그전에도 동경의 대상이긴 했지만, 더 강하게 의식하게 되었다.

물론 그렇다고 해서 감히 '사귀고 싶다'는 생각을 한 건 아니었다. 이래저래 망상이 왕성할 나이기는 하지만 그래도 그렇게까지 뇌가 뻔뻔하지는 않았다.

한 반에서 1년을 생활할 테니 그동안 또다시 뭔가 물건을 빌려 달라는 부탁을 받으며 사소하게 접근할 기회가 생길지도 모른다. …… 기껏해야 그 정도의, 소소한 행운이 오기를 기대하는 마음으로 조용히 학교생활을 보내고 있었다.

그러는 사이 시간은 흘러갔다. 시라카와와도 그 뒤로는 딱히 접

촉할 기회 없이, 1학기도 중반으로 접어들 때쯤이었다.

◇

어느 날 점심시간.

나는 친구와 셋이서 교실 구석에 앉아 밥을 먹고 있었다.

나한테도 친구 몇 명은 있다. 죄다 남자지만. 그리고 그 두 사람을 빼면 누가 있느냐는 물음에는 조금 속이 쓰려지긴 하지만.

"흐암~ 나른해 죽겠네. 완전 수면 부족이야."

내 눈앞에서 그렇게 말하고는 쩍 하품을 하며 반찬을 입으로 옮긴 것은 같은 반의 이지치 유스케, 통칭 '잇치'였다.

1학년 때부터 반 친구로 취미가 겹쳐서 친해졌다. 게임에 빠져서 건강함과는 거리가 먼 삶을 사는 바람에 살짝 통통했고, 건장한 덩치와 큰 키가 맞물려 외모가 뿜어내는 존재감이 상당했다. 상당했지만…… 유감스럽게도, 애처로울 만큼 아싸였다. 내가 말하기도 뭣하지만 말이다. 참고로 얼굴은 전 스모 챔피언인 아사쇼류를 닮았다.

"어제 저녁에 KEN이 야간 라이브를 켜서 그걸 보느라고 그만. 그 뒤엔 새벽까지 게임을 해 버렸고."

잇치의 발언에 맞장구를 치며 내 옆에서 도시락을 까먹던 남자가 고개를 들었다.

"나도 KEN 때문에 잠을 못 잤어. KEN이 새벽에 트위터 알림으로 같이 게임 할 사람을 모집하길래 기회다 싶어서 들어갔더니 정원 오버로 튕겨 나갔지 뭐야. 억울해서 다른 방에 들어가서 학교에 오기 전까지 놀았어."

그렇게 말한 건 옆 반의 니시 나렌, 통칭 '닛시'다. 작년에도 다른 반이었지만 우연히 우리랑 취미가 같은 녀석이 있다는 소문을 전해 들은 잇치가 말을 걸어서 셋이서 같이 점심을 먹게 됐다.

닛시는 얼굴만큼은 인싸 그룹에 들어가도 이상하지 않게 생겨 먹었다. 동그랗고 귀여운 눈 때문에 중학생으로 보일 만큼 동안이긴 했지만. 체격도 잇치와는 대조적으로 매우 아담했다. 두 사람의 딱 중간에 위치한 것이 덩치도 어중간, 키도 어중간하고 얼굴도 밋밋한 나인 셈이다.

"둘 다 대단해. 난 KEN 영상을 따라가기도 벅찬데."

나는 진심으로 감탄하며 텅 빈 도시락통의 뚜껑을 덮었다.

우리들의 공통 취미는 게임이었다. ……정확히 말하자면 'KEN'이라는 유명 게임 스트리머의 팬이라는 연결고리로 이어져 있다.

KEN은 여러 종류의 게임 실황 플레이 영상을 주기적으로 업로드하고 있는 전직 프로게이머다. 그 뛰어난 플레이 스킬과 유머가 섞인 경쾌한 실황 토크가 인기를 모은 덕에 유튜브 채널 구독자 수는 백만 명을 돌파했고, 지금도 꾸준히 상승 중에 있었다.

KEN의 열렬한 팬들은 'KEN 키즈'라고 불렸는데, 그중에서도 게임을 잘하는 키즈에게는 KEN이 직접 말을 걸어 영상으로 만들 게임을 같이 플레이하기도 했다. 잇치와 닛시도 대놓고 말하지는 않았지만 간택당하려고 매일 게임 실력을 연마하는 눈치였다.

그리고 나로 말할 것 같으면, 나는 KEN이 하루에 네다섯 개씩 올리는 영상을 그냥 보기만 하는 완전한 소비형 팬이었다. 그렇게만 해도 댓글을 달다 보면 두세 시간이 뚝딱 지나가니, 제법 시간을 잡아먹는 취미라 할 수 있었다. 주말에는 잇치나 닛시와 온라인으로 수다를 떨며 게임을 하기도 했지만, 직접 해봤자 KEN처럼 잘 플레이할 자신은 없었기에 역시 실황 영상을 보는 게 더 즐거웠다.

하지만 그런 소비형 팬에게도 장점은 있다. 필요 이상으로 무리할 일이 없으니 자기 페이스에 맞춰 생활할 수 있다는 점이다.

"그러고 보니 슬슬 중간고사 결과가 나오겠네."

닛시의 중얼거림에 잇치의 표정이 급속도로 얼어붙었다.

"말하지 마~! 이번엔 진짜로 망했단 말이야. 시험 기간에 새로 참가형 키즈를 모집하다니 KEN도 참 너무해."

"정말. 열심히 응모했는데도 결국 못 들어갔잖아."

닛시도 암울한 얼굴로 대꾸하며 한숨을 내쉬었다.

"캇시는? 시험 어땠어?"

갑자기 얘기가 내 쪽으로 튀는 바람에 나는 "엥?" 하며 두 사람을 쳐다보았다. 그랬다, 나는 이 둘에게 '캇시'라는 별명으로 불리고 있었다.

"어…… 나도 자신은 없어. 선생님이 바뀌고 난 뒤에 처음 치는 시험이라서 그 전이랑은 출제 경향도 다르고."

우리는 셋 다 성적은 그리 나쁘지 않았다. 다들 학년 상위 3분의 1에는 포함되는 편이었다. 애초에 제2지망으로 지원해서 붙은 고등

학교라 개인적으로는 고만고만한 포지션이었다.

"진짜야?! 진짜지?! 배신하면 안 된다?!"

"으, 응. ……걱정 마, 잇치."

단지 이번에는 둘 다 시험기간 내내 발등에 불이 떨어진 게 보였기에, 남 일이라 생각하면서도 걱정이 되긴 했다.

"큰일이야, 나. 이번에 성적이 떨어지면 게임 그만하라고 부모님이 화낼 텐데…!"

"나도 큰일이야. ……시험 점수가 안 좋으면 휴대폰을 해지할 거라고 협박했다니까."

닛시가 동조하자 잇치가 덥석 그 손을 잡았다.

"너도?! 우린 동지 맞지?!"

"당연하지. 그러니까 우리 중에서 제일 성적이 좋은 녀석이 제일 성적이 나쁜 녀석이 하는 말을 뭐든지 들어주기로 하자."

"얘기가 왜 그렇게 돼?!"

닛시의 제안에 일단 태클은 걸었지만.

이 당시 나는 심각하게 생각하지 않았기에, 억지를 써대는 분위기 속에서 강하게 거부하지 못한 채 그 황당한 약속을 받아들이게 되었던 것이었다.

◇

그리고 다음 주가 되어 모든 과목 시험지를 돌려받은 그날 점심시간.

"망했어……. 이젠 다 틀렸어……."

잇치의 손에는 붉은색 글씨로 '18점'이라고 적힌 영어시험 답안지가 쥐어져 있었다.

그리고 그런 점수를 기록하는 바람에 당연하게도 셋 중에서 잇치의 총점이 제일 안 좋았다. 잇치 정도는 아니지만 닛시도 제 기량을 발휘하지 못해 참패했다. 결과, 거의 평소와 비슷했던 내가 제일 좋은 성적을 갖게 되었다.

"기운 내, 잇치. ……기말에서 만회하겠다고 하면 어머니도 게임하는 걸 허락해 주실 거야. 안 그래? 닛시?"

"……."

동의를 구해 봤지만 닛시도 창백한 얼굴로 넋을 잃고 있었다. 이건 딱 봐도 평소부터 부모님에게 엄청 구박을 당하고 있을 각이군.

"둘 다 기운 내고……."

그래도 계속 위로하려는데 잇치가 느닷없이 내 팔을 콱 붙들었다.

"……야, 기억하지? 그 약속."

그 시선은 좀비처럼 퀭하고 꺼림칙했다.

"엥……."

"제일 성적이 좋은 녀석이, 나쁜 녀석이 하는 말을 뭐든지 듣겠다고 했잖아."

"어, 응, 일단은 그랬지……."

"내가 명령한다. 캇시, 좋아하는 여자애한테 고백해."

"뭐?!"

그 어처구니없는 명령에 반사적으로 소리를 지르고 만 나는, 순간 집중된 반 아이들의 시선에 몸을 움츠렸다.

"내, 내가 왜? 왜 그런 짓을 하라는 거야? 밥값을 대신 내거나 하루 심부름꾼이 돼 주거나, 너한테 훨씬 이득이 될 만한 게 그밖에도 산더미처럼……."

"시끄럽거든! 난 지금 수렁에 빠졌으니까! 너도 수렁에 빠뜨려 주겠어! 넌 나처럼 아싸니까 고백 따윌 해봤자 비참하게 차일 게 분명해! 너도 나랑 같은 바닥 맛이나 봐라!"

"진짜 너무하네!"

일이 이렇게 될 줄은 알았지만, 친한 친구라는 녀석이 대놓고 그렇게 말하는 걸 듣고 있자니 내 신세가 처량해 눈물이 다 나왔다.

"뭐 그딴 명령이 다 있어! 애초에……!"

"걱정 마, 캇시."

항의하려던 내 어깨에 닛시가 툭 손을 얹었다.

"유골 정도는 거둬줄 테니까."

그러더니 활짝 웃으며 그렇게 말했다. 급속도로 기운을 되찾은 건 다행이지만, 얼굴에 '꼴좋다'고 적혀 있는 게 보였다.

"니들 진짜 사람이 어떻게 이럴 수 있어! 애초에 시험성적이 떨어진 건 자업자득이잖아?!"

"헐, 캇시, 너 그게 본심이었어?!"

"캇시, 이렇게 나오면 안 되지! 약속했잖아! 우리 친구 아니었어?!"

잇치의 강경한 말에 나는 그대로 입을 다물었다.

약속을 한 건 사실이다. 그리고 우린 친구였다. 솔직히 말해서 이 녀석들이 친구가 돼 주지 않았다면 지금쯤 어떤 학교생활을 보내고 있었을지 짐작도 되지 않았다. 쉬는 시간마다 가기도 싫은 화장실에 틀어박혀서 손에 난 주름 개수나 세며 쉬는 시간이 끝나기를 기다리고 있었을지도 모른다…….

그런 나날을 보내지 않아도 되는 건 잇치와 닛시가 있기 때문이었다. 그런 두 사람이 지금 우정이 파탄 날 위기에 처했다고 말하는 표정으로 지그시 나를 쳐다보고 있었다…….

"……알았어! 고백하면 되잖아!"

잘 가라, 내 아련한 짝사랑아.

이리하여 나는 좋아하는 여자애, 즉 시라카와에게 고백을 하게 되고 말았다.

하지만 학년에서 제일가는, 아니, 학교에서 제일가는 미소녀일지도 모르는 시라카와에게 나 같은 녀석이 고백하다니, 상상만 했는데도 겁이 나 무릎이 후들거렸다.

그래도 뭐…… 생각해 보면 내가 이대로 계속 시라카와를 짝사랑해 봤자 그녀와 사귈 가능성은 쥐뿔도 없을 것이었다. 게다가 운이 나쁘면 시라카와가 같은 반 녀석과 사귀기 시작해서 둘이 염장을 지르는 모습을 바로 코앞에서 목격하는 내상을 입을 수도 있었다.

그렇게 되기 전에 확실히 차여서, 보답 받지 못할 사랑을 승화시키는 편이 남은 학교생활을 즐기기도 편해질 것이다. 그런 식으로도 생각할 수 있지 않을까.

나는 그렇게 친구들과 한 약속을 지키기 위해 꺾이려는 마음을 애써 북돋웠다.

설사 차인다 해도 나에게 미칠 사회적인 대미지는 별로 크지 않을 터다. 시라카와의 성격을 고려하면 나 같은 아싸가 고백한다고 해서 낄낄거리며 친구에게 소문을 내고 다니진 않을 테니까. 고백 받는 데는 익숙하니 다음날이면 깨끗이 잊어버릴 것이었다.

소신지원, 이라는 단어가 뇌리에 떠올랐다.

시라카와는 나에게 어차피 붙을 리 없는 환상의 지망고였다. 그래도 지원해 본 추억 정도는 만들어도 괜찮을 것 같았다. 이럴 기회도 없었으면 평생 고백 따윈 하지 않았을 테니까.

나는 스스로에게 그렇게 되뇌며 애써 마음을 다잡았다.

……그래. 맞아. 해 보자고.

떨리는 손으로 수업 중에 노트에 글자를 적어 내렸다.

그리고 그날 방과 후에 바로 고백에 나섰다.

시간을 두면 마음이 바뀌어 의욕이 꺾일 것 같았고, 어차피 맞을 매라면 일찍 맞고 치워 버리고 싶었기 때문이다.

딱히 차인다고 세상이 끝나는 것도 아니다. 집에 가서 KEN이 새로 올린 영상이라도 보며 마음을 다스리자.

그렇게 되뇌며 방과 후 시라카와의 신발장에 수업 중에 적은 쪽지를 넣었다.

> 하고 싶은 말이 있습니다. 이 쪽지를 읽으면 교사 뒤편 교직원 주차장으로 와 주세요.
>
> 2학년 A반 카시마 류토

굳이 이름을 적은 건 익명이면 찜찜한 나머지 안 올 거라 생각했기 때문이다. 반까지 적은 건 이름만 적으면 '이 녀석은 누구야? 모르니까 안 갈래'가 될지도 모르기 때문이다. '누군지는 모르지만 같은 반 아이인 듯하니 뭔가 볼일이 있나 보다'는 생각이 들게 하면, 좀 더 오기 쉬워지지 않을까 싶어 고민한 결과였다.

"헐, 캇시가 좋아하는 사람이란 게 하필이면 시라카와였어?!"

"상향지원도 정도가 있지! 제정신이야?!"

잇치와 닛시가 어깨 너머로 신발장에 적힌 이름을 확인하더니 급허둥거렸다.

그런 두 사람의 반응을 보자 새삼 터무니없는 짓을 하려고 한다는 자각이 들어 무릎이 후들거렸다.

가능하면 이대로 쪽지를 회수해 돌아가고 싶었지만…… 친구에게 약속도 못 지키는 남자로 여겨지긴 싫었다.

진정하자. 마음을 가라앉히는 거야.

지금은 일단 '고백'이라는 미션을 완수한다. 그것만 생각하는 거야.

심호흡을 한 뒤 속으로 거듭 당부하며 목적지로 향했다.

교사 뒤편에 있는 교직원 주차장은 내가 아는 한 학교 부지 내에서 가장 인적이 드문 곳이었다. 학생들이 막 수업을 마치고 한창 동아리 활동을 하는 중인 이 시간대에는 퇴근을 하려고 나오는 교직원도 아직 없었다. 십 수 대의 승용차가 일렬로 주차돼 있는 그곳에서 나는 혼자서 몰래 시라카와를 기다렸다.

잇치와 닛시는 주차된 차량들 중 한 그늘에 숨어 적당한 거리에서 나를 지켜보고 있을 터였다.

시라카와는 좀처럼 오지 않았다. 인싸인 그녀는 언제나 방과 후에 교실에서 친구들과 이야기꽃을 피우느라 나보다 먼저 교실을 나간 적이 없었다. 대체 얼마나 더 기다려야 신발장의 쪽지를 발견할지 짐작도 가지 않았다.

대략…… 20분에서 30분쯤 기다렸을까.

마침내 교사 그늘에서 그녀가 모습을 드러냈을 때는 안도한 나머지 만감이 교차하는 것보다 먼저 맥이 탁 풀렸다.

와 주지 않을 것도 각오하고 있었기에, 아직 고백도 하지 않았건만 달성감 비슷한 것이 차올랐다.

시라카와는 주위를 두리번거리며 다른 사람이 없는지 확인하고는 내 쪽으로 다가왔다.

"이거, 네가 쓴 거 맞아?"

그녀가 얼굴 옆으로 들어 올린 하얀 종이는 내가 적은 쪽지였다.

"네……, 네."

떨리는 목소리로 대답하자 시라카와는 살짝 웃었다.

"후훗."

날 보고 웃었어……!

그렇게 생각하자 수치심에 머리가 화끈거렸다.

"왜 경어를 써? 같은 반이잖아? 동갑 아냐?"

그렇게 말하는 목소리에서는 나를 바보 취급하는 뉘앙스는 느껴지지 않았다. 내가 목소리를 떨어서가 아니라, 순수하게 경어를 쓰는 게 의아한 눈치였다.

조금 안도함과 동시에 역시나 내 존재에는 일말의 관심도 없었다는 듯한 그 태도에, 알고는 있었지만 슬픔을 느꼈다. 실패할 것이 뻔한 일에 도전하는 건 각오를 해도 힘겨운 법이었다.

"그……, 그러게."

일단 시라카와가 말하는 대로 반말로 대답했다.

이쪽으로 다가온 시라카와는 내 정면에서 2미터 정도 떨어진 곳에 멈춰 섰다.

"그런데 왜 불렀어? 할 말이 있다고? 뭔데?"

맑고 환한 목소리. 아싸에게 불려 나와 불쾌하다는 생각은 눈곱만큼도 하지 않는 것 같은, 그녀의 구김살 없는 성격이 묻어나는 목소리였다.

아아, 시라카와…….

긴장해서 자세히 볼 용기가 나지 않았지만, 틀림없이 지금도 엄청 귀여운 얼굴을 하고 있겠지.

나는, 널, 정말…….

말하자. 말해야 한다. 계속 고개를 숙인 채 입을 다물고 있다간 착한 시라카와도 성격을 버릴 것이었다.

그렇게 생각하며 죽을 각오로 고개를 들었다.

"……!"

똑바로 나를 바라보는 시라카와의 초절정 미소녀 페이스에 심장을 꿰뚫린 나는 입을 떼긴 했지만 차마 목구멍 밖으로 소리를 내밷지 못했다.

"조……, 조조조!"

미치겠네, 하필 고백할 때 말을 더듬냐!

하지만 여기까지 온 이상은 말이라도 끝맺는 수밖에 없었다.

"조, 좋아해요!"

저질러 버렸다.

아싸 티는 다 냈네.

내가 생각해도 완전 음침해…….

나는 자기혐오를 느끼며 이대로 콘크리트 바닥에 처박혀 퇴장하고 싶다고 생각했다.

"뭐? 조조아예요?"

시라카와는 미간을 찌푸리며 나를 빤히 쳐다보았다. 그리고는 손에 든 쪽지로 시선을 떨구더니 더욱 복잡한 얼굴을 했다.

새삼스레 미인이라는 생각이 들었다. 갸루처럼 꾸민 복장을 봐선 아마 맨 얼굴은 아니겠지만, 짙게 그림자 진 안와나 코에서 턱으로 이어지는 라인처럼 화장으로는 커버할 수 없는 부분들의 조형미에 자꾸만 눈길이 갔다.

고백을 쫄딱 망치자 더 이상은 부끄러울 게 없다는 알 수 없는 여유가 생겨났다. 어차피 곧 차일 거라고 그녀를 느긋하게 관찰하기도 했다.

"있잖아, 조조아는 누구야?"

시라카와는 아직도 얼굴을 잔뜩 찌푸리고 있었다.

"어?"

그게 누군데, 조조아라니…… 까지 생각하다 퍼뜩 깨달았다. 내 꼴사나운 고백 탓에 잘못 알아들은 것이었다.

"아니. 그게…… 좋아, 한다고요……."

이번에는 어눌하게나마 제대로 대답했다. 한 번 실패해서 잃어버릴 것이 없었기 때문일지도 몰랐다.

그러자 시라카와는 눈을 크게 떴다.

"……아~, 그런 뜻이었어?"

잠시 후 시라카와는 모든 상황을 간파한 것처럼 나에게서 눈을 돌렸다.

난감해 보였다. 아마도 나에 대해 아는 게 없어서 뭐라고 거절해야 좋을지도 모르는 것이리라.

"……왜?"

그러니 시라카와의 이 질문도, 거절하기 전에 나를 배려하려고 짜낸 말일 것이었다.

"어……."

"왜 좋아하는데? 나를."

그런 질문을 받을 줄 몰랐던 나는 바로 자문하며 고민했다.

왜? 왜 좋아하냐고?

그야…… 뻔하잖아.

"……예쁘…… 니까."

또 떨릴까 봐 걱정한 나머지, 이번에는 꺼질 듯한 목소리로 대꾸하고 말았다.

뭐, 그래도…….

실수는 여러 번 했어도 차이는 건 딱 한 번이니까. 그렇게 생각하니 조금 마음이 편해졌다.

"……."

시라카와는 눈을 깜빡이며 나를 보았다. 뺨을 살짝 물들이더니 쑥스러운 듯이 시선을 떨궜다.

"흐음……."

멋쩍음을 얼버무리듯 그렇게 웅얼거린 그녀는 이내 나를 보더니 터무니없는 소리를 했다.

"그럼, 사귈래? 난 지금 사귀는 사람이 없으니까."

처음에는 무슨 말을 한 건지 이해가 가지 않았다.

그럼사귈래? 난지금사귀는사람이없으니까.

사귈래? 사귄다?

사귄다니, 시라카와랑? 누가?

설마…… 내가?!

"에엑?!"

너무 놀라 그 자리에 주저앉을 뻔했다.

날 갖고 노나 싶은 생각이 먼저 들었지만, 그렇다기엔 취미가 너무 고약했다.

"엥, 왜 놀라? 먼저 고백한 건 너잖아!"

그런 나를 보며 시라카와는 이상하다는 듯이 웃었다. 설마 진심인가? 아니면 내 반응을 보며 재밌어하는 것뿐인가?

그녀가 무슨 생각을 하는지 모르겠다.

"……그래서, 어쩔래?"

웃음기를 도로 물린 시라카와가 나를 향해 한 걸음 다가와 물었다.

"나랑 사귈 거야?"

슬쩍 치켜뜬 눈이 엄청 귀여웠다. 심장이 멈출 뻔했다.

일이 어쩌다 이렇게 된 거지? 이런 전개는 조금도 예상하지 못했다.

잘은 모르겠지만, 내 신변에 터무니없는 행운이 벌어지려 하고 있었다.

게임 방송을 보는 게 취미의 전부인 별 볼일 없는 아싸인 내게는 이 행운을 쉬이 내버릴 용기도 없었다.

놀리는 걸 수도 있다. 어쩌면 꿈일지도 모른다. 하지만 그렇다면 더더욱 내놓을 대답은 하나뿐이었다.

"……네……."

달아오른 얼굴로 고개를 끄덕이자, 시라카와는 만족스레 미소를 지었다.

"좋아!"

웃는 얼굴이 사랑스러웠다. 아니, 웃는 얼굴도 사랑스러웠다. 설마 VR은 아니겠지? 시라카와가 이렇게 가까이에서 날 보며 웃어 주고 있다니.

꿈이라면 제발 영원히 깨지 말았으면 좋겠다.

"그럼, 같이 집에 갈까? 볼일이 있다고 친구랑 헤어지고 왔거든."

그리하여 나는 시라카와와 함께 뒷문을 향해 걷기 시작했다.

주차장을 가로지르는데, 자동차 그늘에 쪼그리고 앉은 잇치와 닛시의 시체처럼 굳어버린 얼굴이 눈에 들어왔다.

그 모습을 보아하니, 일단 이 상황이 저 녀석들이 짜고 친 깜짝 이벤트는 확실히 아닌 듯했다.

◇

뭐지 이건……, 뭐지 이건?!

꿈이 아니겠지?!

내가, 정말로 시라카와와, 나란히, 길을 걷고 있는…… 거 맞지?!

이게 다 무슨 일이야?!

진짜로 사귀는 건가?!

나는 펄떡거리는 심장을 껴안고 묵묵히 발을 놀렸다.

시라카와는 걸음을 떼며 내가 신발장에 넣은 쪽지를 노려보고 있었다.

"……이름, 이거 뭐라고 읽는 거야? 쿠와시마?"

"카……, 카시마, 류토."

"오, 류토라고 하는구나! 멋지다!"

시라카와는 눈을 반짝이며 웃었다. 예상치 못한 미소와 '멋지다'는 말에 조금 전부터 상승 일변이던 심박수가 더 올라갔다.

진정해, 진정하자.

이렇게 흥분했다간 대화도 제대로 못 할 것이었다.

어차피 곧 차이겠지. 몇 분 뒤에는 '농담이야. 진짜로 사귀는 줄 알았어?'라며 비웃을 게 분명하다.

나는 그렇게 되뇌며 어떻게든 냉정해지려 애썼다.

"있지, 류토."

그런 나에게 시라카와는 천진하게 말을 걸어왔다.

"우리, 언제 대화한 적 있었어?"

"어?! 어…… 그게……."

잠시 샤프를 빌려줬을 때 얘기를 할까 망설였지만, 너무 사소한 일이라 그것도 '대화한 것'으로 세면 날 징그럽게 볼 것 같았다.

"……아니, 딱히……."

"흐음, 그랬구나."

나는 나대로 궁금해 미칠 것 같은 걸 물어봤다.

"시라카와는, 저기, 어째서…… 나랑 사귀기로 한 거야……?"

냉정을 유지하자고 세뇌한 탓에 정말로 이 상황을 믿을 수 없게 되고 말았다. 이렇게 가슴을 두근거리게 해놓고 사실은 '그냥 오늘 하굣길에 동행해 준 것'뿐일 수도 있었다. 아니, 오히려 그쪽일 가능성이 더 높지 않나.

그럴 수밖에 없는 것이, 나는 '고백'에 트라우마가 있었다.

중학교 1학년 때 엄청 귀여운 여자애랑 옆자리에 앉게 된 적이 있었다. 그녀는 항상 내게 생글거리며 말을 걸어 주었다. 스킨십도 잦았다. 숙제를 베끼게 해줬을 때는 "그런 다정한 사람…… 나쁘지 않은 것 같아." 하고 뺨까지 붉히면서 속삭여 주었던 것이다. 아싸인 나도 어쩔 수 없이 마음이 들떠서는, 이건 내 착각이 아니다, 그녀는 나에게 마음이 있다고 철석같이 믿고 일생일대의 용기를 짜내 고백했다.

그러나 웬걸, 결과는 참혹했다. "카시마는 좋은 친구라고 생각하지만……." 하고 난처한 기색으로 중얼거린 그녀의 얼굴이 아직도 망막에 아로새겨져 있다.

이 쓰디쓴 경험을 통해 나는 교훈을 얻었다. 여자…… 특히 귀엽고 인기 많은 여자애를 믿어서는 안 된다는 것이었다.

애초에 인기가 많다는 건 누구나 '나도 어떻게 해 볼 수 있을지도 모른다'는 흑심을 품고 있다는 말이었다. 즉, 그녀는 누구에게나 의미심장해 보이는 태도를 취했으며, 나만 특별한 줄 알았다간 호된 꼴을 당한다는 뜻이다.

곰곰이 뜯어보지 않아도 나 같은 양산형 아싸를 인기 많고 귀여운 여자애가 좋아하게 될 이유는 조금도 없었다. 그렇게 생각했기에 시라카와에게 고백할 수 있었던 거다. 100퍼센트 차일 거라 확신했으니까, OK 받은 뒤에 일이 어떻게 될지는 전혀 생각도 하지 않았다.

그런 이유로…… 이 상황은 깜짝 이벤트에 당첨된 것처럼 쉽게 받아들이기 힘들었다.

"음……?"

그런 나를 시라카와는 의아한 얼굴로 마주보았다.

"왜 내가 류토랑 사귀려고 한 건지 궁금해?"

"……하지만, 시라카와는 날 좋아하지 않잖아. 내가 누군지도 몰랐을 테니까……."

같은 반인데 이름도 못 읽을 정도였으니까.

하지만 그 말을 한 순간 시라카와에게서 돌아온 것은 예상치 못한 대답이었다.

"그럼, 이제부터 알아가면서 좋아하면 되지 않을까?"

"어?"

시선을 보내자 시라카와는 살짝 고개를 갸웃거리며 눈만 들어 나를 쳐다보았다.

“어차피 류토도 나에 대해서 잘 모르잖아?”

생각해 보지도 못했던 지적에 나는 얼어붙었다.

“얘기해 본 적도 없잖아? 내 외모가 마음에 든 거 아냐?”

“…….”

반박할 수 없었다. 나는 조금 전 대답하고 말았다. 왜 좋아하느냐는 시라카와의 물음에 ‘예뻐서’라고.

외모가 마음에 들었다. 그건 맞는 말이다.

하지만 1학년 때부터 계속 시라카와를 멀리서 지켜봐 왔다. 늘 ‘귀엽다’고 생각하며 동경했다. 그래서 내가 훨씬 시라카와를 좋아한다고 생각했지만, 듣고 보니 그랬다. 나는 시라카와에 대해 아는 게 거의 없었다.

“그리고 난 류토를 조금 좋아해.”

“……뭐?!”

나는 예상치 못한 발언에 충격을 느끼며 시라카와를 보았다. 그러자 사랑스러운 각도로 치켜뜬 눈이 시야에 들어왔다. 뇌에서 더블로 불꽃이 튀었다.

시라카와의 키가 나보다 꽤 작아서 옆에 있으면 저절로 올려다보는 각도가 되는 것이리라. 모델 체형으로 보이는 건 얼굴이 작고 균형 잡힌 몸매라서지 키 자체는 큰 편이 아니었다.

게다가 아까부터 계속 꽃향기인지 과일향기인지 모를 좋은 냄새가 나고 있는데. 이거 시라카와한테서 나는 냄새겠지? 향수 같은 걸

뿌리고 다니나?

아니지, 지금은 그런 생각을 하고 있을 때가 아니다.

시라카와가 날 조금 좋아한다고?

설마, 말도 안 돼!

그도 그럴 게 나에 대해 전혀 몰랐잖아!

내 마음속 태클을 간파한 듯 시라카와가 입을 열었다.

"아까 류토가 나한테 '좋아한다'고 말해 줬잖아?"

"……응."

"그래서야."

"……엥?"

"응? 뭐가 '엥?'이야?"

"아니, 그치만…… 고, 고작 그런 이유로……?"

도무지 믿을 수가 없어서 중얼거리자, 시라카와는 무슨 생각을 했는지 뾰로통한 표정을 지었다.

"아~! 내가 남자면 다 좋아한다고 생각하는 거지? 나한테도 취향은 있거든? 손톱 하얀 부분이 마구 자란 남자랑 코밑에 땀을 매단 채로 방치하는 남자는 죽어도 못 받아주니까!"

취향이 너무 핀 포인트 저격식 아닌가?! 그보다, 금시 항목이 그게 다라고?!

시라카와의 소문대로 넓은 취향 스트라이크존에 경악하고 있는데, 그녀가 아직 반박할 거리가 남았다는 듯 불퉁한 얼굴로 나를 쳐다보았다.

"하지만 류토는 안 그렇잖아. 그래서, 기뻤어."

시라카와가 하는 말도 한편으로는 이해가 갔다. 만약 내가 전혀 모르는 여자애한테 '좋아한다'는 고백을 받았다면…… 그 애가 어지간히 취향이 아닌 경우를 제외하면 금세 호감을 느꼈겠지.

하지만 그건 내가 한 번도 고백을 받아 본 적이 없는, 인기와는 담을 쌓은 남자이기 때문이다.

"……그래도 시라카와는 '좋아한다'는 말을 많이 들어봤을 것 같은데……."

"뭐?"

시라카와가 무슨 소릴 하는 거냐고 말하듯이 나를 올려다보았다.

"누구에게 몇 번을 듣든 남한테 '좋아한다'는 말을 들으면 기쁘지 않아?"

그건 그렇지만…….

"그 기쁨이란 게…… '사귀자'는 생각이 들 정도라고?"

나는 아직 의심하고 있었다. 상처 받고 싶지 않았으니까.

내일이 돼서 '역시 별로 맘에 안 드니까 사귀는 건 없던 일로 하자!'는 말을 듣는 미래를 상상하면 견딜 수가 없었다.

그도 그럴 것이 이대로 만약 정말로 '사귀게' 된다면, 나는 오늘보다 내일, 내일보다 모레 시라카와를 더욱더 좋아하게 될 게 뻔하니까.

믿기진 않지만…… 이 상황이 아무래도 농담이 아닌 것 같아서.

"그러니까 내 말은…… 나를 향한 시라카와의 그 '좋아'라는 건 친구여도 충분히 성립된다고 할까…… 조금…… 얄팍하지 않아……?"

말해 버렸다. 모처럼 이런 초절정 미소녀가 사귀자고 말해 줬는데, 알아서 화를 자초하는 말을 하고야 말았다!

바보다.

나는 주제도 모르는 미련한 왕 바보다!

예상했던 대로 시라카와는 잠시 말이 없었다. 역시 기분을 상하게 만든 것 같아 쩔쩔매는데, 시라카와가 나를 보았다.

"……그게 어때서? 딱히 상관없지 않아?"

돌아온 것은 태연한 대답이었다.

"얄팍해도 느낌이 좋았고, 더 많이 알고 싶다는 생각이 들었잖아? 그럼 사귀어 보는 것도 괜찮잖아. 처음엔 얄팍한 '좋아'로 시작해도, 그렇게 사귀는 동안에 언젠가는 진짜 '좋아'로 발전할지 누가 알겠어?"

시라카와는 예쁘게 생긴 입술 끝을 씩 올리며 내게 웃더니 그렇게 말했다.

"……뭐, 여태껏 '진짜 좋아'로 발전할 만큼 사귄 적은 없었지만 말이야."

그러면서 자소 섞인 미소를 짓기에, 나는 머뭇거리며 물었다.

"……어째서……?"

한 남자와 길어도 두세 달밖에 못 간다는 소문이 진짜인가 보다. 그렇다면 원인은 뭘까. 시라카와는 경계하는 내게 "앗" 하고 외마디 소리를 지르며 눈을 크게 떴다.

"방금 내가 질려서 버린 거라 생각했지? 그 반대거든?! 난 사귀는 동안에는 완전 일편단심이란 말이야! 다른 남자가 고백해도 바로 거절해."

"그, 그렇구나."

비록 기세에 눌려 맞장구를 쳤지만 내 미소녀 불신은 뿌리 깊었다.

"……그래도 아까 시라카와가 한 발언을 보면, 남친이 있어도 다른 사람이 '좋아한다'고 말하면 기뻐져서 조금 마음이 기우는 거 아냐?"

"뭐? 그게 무슨 소리야?"

시라카와의 미간에 와그작 주름이 패었다.

"……."

좀 놀아본 그녀의 불쾌한 얼굴에서 뿜어져 나오는 위압감에 새가슴인 나는 기가 죽어 입을 꾹 다물었다.

"마음에 들지도 않는 남자가 '좋아한다'고 말해 봤자 성가시기만 하거든? 완전 기분 나빠."

"……."

아까랑은 말이 다르잖아…….

그래도 사귀는 동안에는 한눈을 팔지 않는다는 건 일단 믿어도 될 것 같다.

그런 대화를 나누는데, 시라카와가 우뚝 걸음을 멈췄다.

"너희 집은 어느 쪽이야?"

말을 듣고 보니 벌써 역 앞이었다. 학교에서 가장 가까운 역은 커다란 터미널 역은 아니지만, 아직 본격적인 퇴근, 하교 시간대가 아님에도 불구하고 지금 걷고 있는 이 개찰구로 통하는 길에 통행인들의 발길이 끊이지 않을 만큼 북적거렸다.

우리가 다니는 고등학교는 도내 사립학교라 학생들은 거의가 다 전철로 통학했다. 이 O역은 JR 노선과 도쿄 지하철 노선 입구가 나뉘어 있다. 시라카와도 그래서 이 타이밍에 질문을 한 것이리라.

"어, 난, K역."

"흐음, 난 A역인데."

"그, 그렇구나. ……가깝네."

우리 집에서 가장 가까운 K역은 여기서 세 정거장 떨어진 곳에 있었다. A역은 그보다 한 정거장 앞에 있다.

"그럼 같은 전철을 타면 되겠네? 얼른 가자!"

"으, 응……."

시라카와의 페이스에 휘말린 나는 그녀와 JR 역 구내로 향했다.

두 정거장 뒤라 그런지 전철에 타자마자 시라카와가 내릴 역에 도착하고 말았다. 이 믿을 수 없는 상황이 마침내 일단락된 셈이었다.

방금 전까지만 해도 이렇게 계속 가슴이 두근거리다간 몸이 버티지 못할 거라 생각했는데, 막상 헤어질 때가 되니 신기하게도 아쉬운 마음이 들었다.

"곧 도착하겠다. 그럼……."

슬슬 A역에 도착할 때가 되어 배웅을 하려는데 시라카와가 "엥?"

하고는 의외라는 듯이 나를 보았다.

"집까지 안 바래다줄 거야?"

"어?"

학교에서 집으로 돌아간다는 생각만 했지 '바래다준다'는 발상은 없었다.

하지만 확실히, 집까지 바래다주는 편이 더 남자친구 같긴 했다.

"그, 그럼……."

믿을 수 없는 상황이 다시 이어졌다.

정기권이라 도중에 하차해도 돈을 떼이지 않으니 나도 A역에서 내려 시라카와를 집까지 바래다주기로 했다.

A역은 큰 터미널역이라 역 앞에 번화가가 펼쳐져 있었다. 그곳을 빠져나와 15분 정도 걸어가자 시라카와의 집이 나왔다.

그 동안 어떤 대화를 나눴는지는 솔직히 말해 잘 기억이 나지 않았다. '시라카와와 사귄다'는 비현실적인 사실이 늘 다니던 통학노선을 이탈하면서, 갑작스레 현실감과 함께 몰려드는 바람에 가슴이 뛰고 마음이 조급해져서 대화에 집중할 여력이 없었다.

"우리 집은 여기야!"

시라카와가 그렇게 말하며 멈춰 선 곳은 목조로 된 2층짜리 단독주택이었다. 지어진 지 제법 오래된 듯한 외관에 주변 일대에도 비슷한 느낌의 집들이 늘어서 있는 고즈넉한 주택가였다.

시라카와의 세련된 외모만 봐선 예상하기 힘든 집의 모습에, 뭐라고 말해야 좋을지 알 수 없어 "좋은 집이네." 하고 무난한 평을 내렸다.

그러자 시라카와가 기쁜 듯이 미소 지었다.

"정말? 고마워!"

인사치레로 한 말일 수도 있다는 의심을 1밀리도 하지 않는 순수한 답례의 미소였다.

"……."

그 사랑스러움에 다시 가슴이 두근거렸다. 동시에 미안한 마음이 들어 얼른 이 자리를 떠나가고 싶어졌다.

"그, 그럼, 난 이만……."

발길을 돌리려던 나에게 시라카와가 해맑게 말을 걸었다.

"있지, 우리 집에 들렀다 갈래?"

"……뭐?!"

"부모님은 한창 일하는 중이시고, 할머니는 오늘 훌라 댄스 교실 때문에 집에 없어."

할머니와 같이 사는구나……. 훌라 댄스 교실이라니, 할머니가 젊으시네……. 잡념이 뇌리를 스쳤다. 하지만 그보다 중요한 것은.

시라카와의 집에 들른다.

아무도 없는 시라카와의 집에…… 들어간다.

단 둘이서.

"……그, 그래도 돼?"

긴장한 나머지 군침을 삼키며 묻자, 시라카와는 아무런 망설임도 없이 고개를 끄덕였다.

"응. 류토는 남친이니까."

아니, 그래도 그렇지. 방금 전까지만 해도 이름조차 몰랐던 같은 반 엑스트라 학생이었거든? 나는 그렇게 속으로 태클을 걸었지만, 본인이 괜찮다고 하니 내가 사양할 이유는…… 당연히, 없지…….

나 설마 죽는 거 아냐?

이런 일이 내 인생에 일어날 리가 없는데.

"어, 그럼…… 실례하겠습니다."

이리하여, 나는 사귀기로 한 지 30분 만에 인생 첫 '여자친구'……의 집에, 황공하게도 바로 초대받게 되었다.

아직도 속고 있는 게 아니냐는 의구심은 지우지 못했지만, 나는 지금 '시라카와의 집'에 발을 들어놓으려 하고 있었다.

발밑이 붕 뜬 것처럼 다시 현실감이 사라져갔다.

"시, 실례하겠습니다……."

현관으로 들어서자 어딘지 그리운 느낌이 드는 타인의 집 냄새가 몸을 폭 에워쌌다. 현관 바닥에는 시라카와의 것으로 짐작되는 화려한 여성화 몇 켤레가 아무렇게나 놓여 있었다. 그 생활감이 느껴지는 풍경에 심장이 쿵쿵거렸다.

"들어와, 들어와. 내 방은 2층이니까."

시라카와의 재촉을 받으며 바로 눈앞에 보이는 좁은 계단을 올라갔다.

2층에는 입구가 장지문으로 된 다다미방과 서양식 문이 달린 방이 있었다. 시라카와는 그중 후자의 문손잡이를 잡아 돌렸다.

"들어와~."

그렇게 말하며 구경시켜 준 방은 그나마 시라카와의 이미지와 맞는 분위기의 공간이었다.

2.5평쯤 되는 공간에서 먼저 눈에 들어온 것은, 커튼과 침대 이불 커버의 짙은 핑크색이었다. 벽 쪽에 놓인 하얀 화장대와 옷장은 약간 싸구려 느낌은 있었지만, 여자애들이 좋아할 만한 세련된 디자인이었다. 중간에는 공부용 책상처럼 생긴 가구도 있었는데, 책상 위는 파우치와 자질구레한 물건들로 빼곡히 채워져 있어서 도저히 공부하기 적합한 환경으로는 보이지 않았다.

전체적으로 봤을 때는 방 안 곳곳에 놓인 작은 화장품 병들과 마스코트처럼 생긴 솜 인형, 반짝이는 액세서리 등 수없이 많은 소품들에 압도당하는 기분이 들었다. 그래도 무질서하게 널브러져 있지는 않았고, 본인 나름대로 기준을 세워 진열해 둔 느낌이 났다.

거기다 꽃향기인지 과일향기인지 모를 시라카와의 냄새가 숨이 막힐 만큼 짙게 방 안을 감돌고 있다. 상상했던 것보다 훨씬 더 강력하게 여자의 방임을 어필하고 있었다.

"뭐해? 얼른 들어와."

여자의 방에 면역이 없었던 나머지 압도당한 내게 먼저 방 안으로 들어간 시라카와가 말을 걸었다.

"앗, 아아, 응……."

계속 우두커니 서 있는 것도 이상해서, 부랴부랴 안으로 들어갔다.

"적당히 아무 데나 앉아!"

시라카와는 가볍게 말하며 책가방을 대충 바닥에 내려놓았다.

"마실 거 가져올게. 보리차도 상관없지?"

"아, 으, 응, 고마워……."

시라카와가 방을 나갔다. 계단을 내려가는 가볍고 리드미컬한 발소리가 내 격렬한 심장박동 소리와 묘하게 공명했다.

대체 일이 어쩌다 이렇게…….

차일 마음의 준비밖에 안 했던 내가 시라카와의 '남자친구'로 그녀의 집 방 안에 와 있다. 이 상황이 스스로도 아직 완전히 믿기지 않았다.

그래도, 어쨌든.

나는 지금, 바로 시라카와의 방 안에 있는 것이다…….

"스읍……."

일단 코로 크게 심호흡을 해 보았다.

이것이 시라카와의 냄새…….

그렇게 생각하며 감개무량해졌다가 퍼뜩 정신을 차렸다.

너무 변태 같잖아! 뭐하는 거야!

하지만 동경하던 여자애의 방에 홀로 있는 이 상황은 좋지 못한 충동으로 폭주하기에 충분했다.

그렇다, 예를 들면…… 서랍을 한번 열어 보고 싶다든가.

운명의 장난이라고 해야 할지 하얀 서랍장은 방문 근처, 즉 내 바로 옆에 있었다. 나는 딱 봐도 사적인 것이…… 까놓고 말해 속옷류가 보관돼 있을 것 같은 모양새의 그것에서 눈을 뗄 수가 없었다.

안 돼! 그것만은 남자로서, 인간으로서 해선 안 될 짓이야!

그래도…… 보고 싶다…….

잠깐의 갈등 뒤, 마음속 천사와 악마가 결판을 냈다.

승리한 건 악마였다.

"조금만 본다면……!"

죄책감에 입 안으로 변명을 주워섬기며 날쌔게 서랍에 손을 걸쳤다. 그것을 몇 센티쯤 열었을까. 나도 모르게 입에서 감탄이 터져 나왔다.

"오오……."

눈에 들어온 흰 레이스가 너무나도 성스러운 나머지 손이 멈췄다.

이것이 바로…… 시라카와의…… 사적인 의류……!

그것을 성공적으로 눈에 담았다는 행복을 만끽하며 천장을 올려다본 그때.

"기다렸지~."

"우왁?!"

너무 놀라서 과장이 아니라 바닥에서 펄쩍 몇 센티쯤 뛰어올랐다. 그 바람에 방금 열었던 서랍에 된통 부딪치고 말았다.

"아야……!"

헉, 닫는 걸 깜빡했어……!

"어라? 거기 열려 있었어? 미안."

하지만 서랍이 열려 있다는 걸 눈치 챈 시라카와는 나를 의심하는 기색도 없이 그쪽으로 시선을 보냈다. 그리고는 "아!" 하고 눈을 빛내더니, 양손으로 들고 있던 보리차를 서랍장 위에 놓고 안에서 하얀 레이스를 잡아 꺼냈다.

"있지, 이것 봐 봐!"

"……?!"

대체 뭘 보여 주려고?!

그렇게 생각하며 얼어붙은 나를 향해 시라카와는 아무런 망설임도 없이 그것을 펼쳐 보였다.

"짜잔! 엄청 귀엽지 않아? 얼마 전에 산 캐미솔이야! 등 쪽이 트인 윗옷이랑 같이 입으려고!"

"……."

눈앞에 펼쳐진 하얀 레이스 캐미솔을 보며 나는 알 수 없는 탈력감에 휩싸였다.

"으, 응, 괜찮네……."

시라카와의 사복을 구경한 것만으로도 충분히 대단한 일이지만, 속옷일 거라 확신했기에 실망감을 감출 수 없었다.

겉옷처럼 입는 캐미솔…… 이었구나…….

역시 남의 방 안에 있는 물건을 멋대로 구경하는 건 옳지 않았다. 이런 짓은 두 번 다시 하지 말자고 다짐했다.

"그럼, 차 마시자."

시라카와는 그렇게 말하며 재차 두 손으로 보리차를 들었다.

"자자, 앉아."

"아, 응, 고마워……."

나는 마음을 가다듬고 권하는 대로 자리에 앉으려 했다.

하지만, 어디에?

방 안에는 소파도 좌식의자도 없었다. 책상 의자에는 숄 같은 것이 걸쳐져 있었다. 그러니 남은 선택지는 마룻바닥에 직접 앉든가, 침대에 앉는 것뿐이었다.

침대…….

잠깐, 침대라고?!

그야 물론 침대를 소파 대신 쓰는 경우도 있을 테니 침대에 둘이 나란히 앉아서 일상적인 대화를 나눌 수는 있겠지만…… 아니, 그것도, 이 상황에선 무리 아냐?!

이 방의 주인은 내내 짝사랑했던 학년 제일 미소녀고, 믿을 수 없게도 조금 전 내 '여자친구'가 된 시라카와다.

침대에 나란히 앉기라도 했다간 도저히 이성을 유지할 수 없을 것이었다.

"……아, 그거?"

엎친 데 덮친 격이라고, 시라카와는 차마 앉지 못하고 쩔쩔매는 나를 보더니 무슨 생각을 한 건지 금세 알겠다는 표정을 지었다.

"좋아. 샤워하고 올래? 욕실은 1층인데 안내해 줄까?"

"어?!"

뭐, 뭐야? 이번엔 또 무슨 말을 들은 거지?

이 상황에서 샤워라고 말하면, 생각이 더 그쪽 방면으로 가 버리잖아…….

아니면 시라카와는 극도의 결벽증이라서, 몸을 씻은 손님만 방에 들이고 싶은 건가? 혹시 '냄새 난다'고 은근히 돌려 까는 건 아니겠지?

설마, 아닐 거야. 아까까지만 해도 아무렇지 않게 앉으라고 했다고. ……그렇게 팽팽 머리를 굴리는데, 시라카와가 또다시 "아, 그거?" 하고 퍼뜩 깨달음을 얻은 듯한 표정을 지었다.

"류토는 샤워가 필요 없는 스타일이야?"

어? 아, 아니, 역시 그쪽 방면 얘긴가?

혼란스러워하던 나는 이어진 그녀의 행동에 화들짝 놀랐다.

시라카와는 보리차가 담긴 컵을 도로 선반장 위에 올려놓더니, 자신의 교복 가슴팍으로 손을 가져갔다.

"오늘은 체육 수업을 해서, 좀 땀 냄새가 날 것 같아 창피하지만……."

그렇게 말하며 블라우스 단추를 하나 풀었다. 평상시에도 단추가 두 개 풀려 있어서 개방적인 앞섶이 세 번째 단추가 풀리자 더욱 오픈되었고…… 나는 브래지어의 레이스가 슬쩍 보이는 깊은 가슴골을 무심코 뚫어져라 쳐다보며 군침을 삼켰다.

이, 이건, 진짜 시라카와의 속옷(본인 장착 완료)…… 아니, 안 되지, 이렇게 빤히 보면 변태라고 생각할 거야!

하지만 그런 내 갈등에도 아랑곳없이 그녀는 단추에 또 손을 대고 서슴없이 풀려 했다.

"시, 시라카와?!"

그제야 비로소 확신을 가질 수 있었다.

여기까지 왔으면 그냥 그쪽 방면의 얘기일 수밖에 없었다.

아까 샤워 운운했던 것. 그리고 방금 한 발언. 그것이 의미하는 바는 하나였다.

어쩌면…… 아니, 어쩌면이고 자시고 빼박, 틀림없이, 그거다.

그녀는 나와 야한 짓을 하려는…… 것이었다. 믿을 수 없게도.

헐, 진짜로?!

그래도 되는 거야?!

이 암흑 같던 동정의 삶을 설마 오늘 청산할 수 있게 될 줄은, 이날 이때껏 상상조차 하지 못했다.

하물며 그 상대가 시라카와라니.

어떻게 이런 말도 안 되는 행운이…… 아니, 그래도, 하지만!

이게 진짜로 현실이라고?!

"자, 잠깐만 기다려 봐……!"

내 경악에 찬 목소리에 시라카와는 단추를 풀려던 손을 멈췄다.

"응? 왜?"

의아해하는 시라카와에게 나는 침을 삼키며 말했다.

"지, 지금 뭐 하는…… 거야?"

역시 너무 일렀다. 내가 아무리 망상이 폭발하는 남자라도 이런 급 전개는 상상도 해 보지 못했다.

솔직히 상황을 따라가지 못하고 있었다.

뭔가의 착오일지도 몰랐다.

착각해서 폭주하기 전에 그녀의 의사를 확인해야 한다.

"뭐냐니, 섹스 아냐?"

지나치게 직설적인 대꾸에 나는 모아이 석상 같은 얼굴로 얼어붙었다.

지, 진짜였어—?!

정말로?! 정말 괜찮은 거야?!

머릿속이 뒤죽박죽이 된 나를 시라카와는 의아한 표정으로 쳐다보았다.

"엥? 혹시 하기 싫어?"

"그런 건 아닌데…… 엥? 에엥?!"

이게 된다고?! 엇, 아니, 그쪽이 괜찮다면야 나는 상관없지만, 헐 진짜로?!

정말 그래도 돼?!

어찌할 바를 모르는 나를 보며 시라카와는 어리둥절한 표정을 지었다.

"저기…… 너, 너무 이르지 않을까? 아까까지는 내 이름도 몰랐잖아? 시라카와는 그런 사람이랑…… 해도 괜찮겠어……?"

나는 야한 짓을 엄청 하고 싶다. 하고 싶어서 참을 수 없는 나이다.

게다가 그 상대도 멀리서 동경만 하던 시라카와다. 망상 속에서만 가지고 놀았던 몸을 실제로 볼 수 있다고 생각하니 흥분이 치솟았다.

하지만, 지금?!

시라카와와 '사귀게 됐다'는 것도 아직 믿을 수가 없는데.

일이 너무나도 척척 진행되고 있는 나머지, 당혹스러움이 성욕을 추월하고 말았다.

시라카와는 대체 무슨 생각을 하는 거지?

숫제 패닉이었다.

"그건 그렇지만, 그래도 지금은 내 남친이잖아?"

여기서 눈만 굴려 날 올려다보다니…… 제발 이러지 말라고, 너무 귀엽잖아!

"그, 그래도 그렇지…… 아직 내가 어떤 녀석인지도 모르는데, 그런데도 괜찮다고? 만약에 별 볼일 없는 남자면 어쩔 건데?"

"뭐?"

"설상가상으로 엄청난 변태면……."

"엥, 그게 무슨 소리야? 류토 변태야?"

"아, 아니거든! 말이 그렇다는 얘기지. 솔직히 시라카와는 내가 어떤 녀석인지 아직 모르잖아……."

"엥~? 그게 뭐야? 철학이야?"

시라카와는 당황하고 있었다.

"……설령 그렇다고 해도 어쩔 수 없지 않아? 남자친구니까. 도저히 무리겠다 싶으면 그 시점에서 헤어지는 수밖에 없는 거고."

과연…….

일단 시라카와와 나의 '교제'에 대한 인식 차이를 알았다.

시라카와는 '일단 사귀면서 관계를 발전시켜 나가면 된다'고 생각하고 있었다.

하지만 나는 그녀와의 관계를…… 어쩌면 평생 찾아올 일 없을, 계속 짝사랑했던 미소녀와의 연애를 차곡차곡 단계를 밟아 소중히 키워가고 싶었다…….

그 사실을 방금 깨달았다.

"뭐야, 류토는 나랑 하기 싫어? 남자들은 여친이랑 둘만 남으면 야한 생각만 하는 거 아니었어?"

시라카와는 당황을 넘어 의아한 표정으로 나를 바라보았다. 그러더니 별안간 심각한 얼굴로 "설마……." 하며 시선을 내리고는, 내 교복 바지의 지퍼 부근을 물끄러미 쳐다보았다.

"……아냐, 오해야!"

매일 아침마다 팔팔하니 걱정 말라고!

"그런 게 아니라…… 우리 둘의 관계를 소중히 여기고 싶어서……. 시라카와는 내…… 여, 여자친구잖아?"

또 중요한 대목에서 말을 더듬거리고 말았다. 평소에 해 본 적 없다는 게 티가 나서 민망했다.

"그러니까, 그런 건 좀 분위기가 무르익었을 때 하고 싶다고 할까……."

“분위기가 무르익었을 때…… 라니?”

시라카와는 눈살을 찌푸리고 있었다.

어째서?! 내가 그런 표정을 지을 만큼 이상한 말을 했나?

솔직히 이 상황에선 보통은 남녀가 반대가 되지 않나? 관계성을 중시하는 여자와 일단 하고 보자는 남자 구도라면 발에 채일 만큼 흔해빠졌으니까.

그렇게 생각했을 때 불현듯 한 가지 의문이 가슴을 스쳤다.

“……저기…… 말이야. 시라카와는 그게 그렇게…… 하고 싶어?”

그녀가 남자 이상으로 야한 걸 좋아하는 여자일지도 모른다고 상상하자 가슴속이 훅 타올랐다. 내 여자친구가 음란 걸…… 어떡하지, 체력이 버티려나……. 생각할수록 콧김이 거칠어지려고 했다.

하지만 그런 내 망상에 찬물을 끼얹듯 시라카와의 미간에 잡힌 주름이 깊어졌다.

“어? 으으음……?”

그 얼굴은 뭔가를 고민하는 것처럼 보였다.

“내가 하고 싶다는 생각은 해 본 적이 없었어. 글쎄? 의무랄까…… 사귀면 그냥 하는 거라 생각했어. 여친이 하게 해주지 않으면 다른 애한테 가버릴지도 모르잖아?”

그 말을 듣자 나쁜 마음이 살짝 가라앉았다.

그리고 아까 그녀가 한 말이 떠올랐다.

—남자들은 여친이랑 둘만 남으면 야한 생각만 하는 거 아니었어?

이어서 둘이서 길을 걷고 있을 때 했던 말도.

—내가 질려서 버린 거라 생각했지? 그 반대거든?! 난 사귀는 동안에는 완전 일편단심이란 말이야! 다른 남자가 고백해도 바로 거절해.

그때는 흘려 넘겼지만, 그 말은, 남자친구가 사귀다 질려서 시라카와를 버렸다, 는 뜻 맞지?

그런 말도 안 되는 일이…… 란 생각도 순간 들었지만.

같은 남자로서 시라카와의 전 남친들의 심정이 상상되지 않는 건 아니었다.

사귄 당일에 이렇게 쉽게 할 수 있었다면 금세 질려서 다른 여자한테 눈이 돌아갈 만도 했다. 벌칙 게임 핑계를 대지 않아도 시라카와에게 고백할 수 있는 남자니 나와는 달리 자신만만한 인싸 훈남일 테고.

"……."

왠지 화가 나기 시작하는데.

시라카와는 섹스를 좋아해서 하려는 게 아니라, 남자친구가 원하기 때문에 섹스를 하게 해주는 여자애였던 것이다. 적어도 이전까지의 그녀는 그랬다.

게다가 좋다고 냉큼 받아먹고는 바로 질려서 버리다니, 그게 몸만 노리는 짓과 뭐가 다르단 말인가.

"……그럼, 오늘은 섹스 안 할 거야?"

"어?"

이런저런 생각에 골몰하던 나는 시라카와가 건넨 말에 퍼뜩 정신을 차렸다.

"어 그러니까, 그게……."

하고 싶다.

솔직히 그건 하고 싶었다. 절대로 하고 싶었다.

하지만 지금 여기서 한다면…….

나도 결국 과거의 남자친구들과 똑같은 사람이 되겠지…….

아니, 그래도 역시 하고 싶어!

이런 기회는 다시 올 거라 장담하기 힘들었다. 내일 시라카와의 마음이 바뀌어서 '역시 헤어지자'고 말할 수도 있으니까.

하고 싶다, 하고 싶다, 야한 짓을 하고 싶다!

하지만 나는 처음이라 잘할 수 있을지도 알 수 없었다. 이렇게 질질 끌어서 섹스로 넘어간다 해도 정작 중요한 때 머뭇거렸다간 과거의 남자친구들과 비교하며 실망할 수도 있었다. 코웃음이라도 친다면 회복 불능에 빠지겠지…… 뭐, 시라카와는 그럴 여자애는 아니겠지만…….

이렇게 된 거 끝까지 하게 해달라고는 염치가 없어서 못 한다 쳐도, 시라카와에게 옷을 도로 입으라고 한 뒤 살짝 손만 빌려 달라고 하면…… 은 무슨! 무슨 생각을 하는 거야! 사고를 성욕에 빼앗겨 머리가 이상해져 가고 있었다.

나는 예전 남자친구들과는 다르다.

그걸 행동으로 보여주고 싶은 게 아니었나?

그렇다면 고를 답은 단 하나뿐이다…….

"……맞아. ……오늘은, 일단…… 안 하려고……."

나는 속으로 피눈물을 흘리며 그렇게 말할 수밖에 없었다.

"흐으음?"

의아한 기색으로 살며시 고개를 갸웃거리는 시라카와가 또 최고로 귀여워서, 나는 말을 꺼낸 지 얼마나 됐다고 스스로 내린 결단을 거세게 후회했던 것이었다.

◇

5분 뒤, 나는 시라카와와 산책을 하고 있었다.

방 안에 있으면 아무리 애를 써도 단둘이라는 사실이 의식돼서 제대로 대화를 나눌 수 없었기에, 그녀를 구슬려 밖으로 나온 것이다.

둘이서 집 주변을 어슬렁거리는데 시라카와가 불쑥 혼잣말했다.

"류토는 착실한 사람이네."

그녀의 마음을 읽어내려 얼굴을 보자 실망과 조롱의 기색은 느껴지지 않아서 그 사실에 일단 마음을 놓았다.

안 그래도 섹스를 못 해서 서러운데, 그녀에게 싸늘한 눈총까지 받았다간 이중으로 타격을 입을 것이었다.

"류토 같은 남친은 처음인 것 같아."

혼잣말하듯 속삭인 그녀에게 나는 머뭇머뭇 입을 떼며 물어보았다.

“……그건, 안 좋은 의미야?”

“아니.”

시라카와는 나를 보며 고개를 저었다.

“이런 남자애도 있구나 싶었어.”

입꼬리를 올리며 미소 짓는 얼굴은 어스름이 깔리기 시작한 해질녘 집 밖에서도 여전히 예뻤다.

그런 그녀를 보고 있자니, 역시 조금 전 내 결단은 틀리지 않았다는 생각이 들었다.

뭐, 솔직히, 죽을 만큼 하고 싶었던 건 사실이지만…….

“그런데…… 시라카와. 그, 내가, 실은 말이지…….”

입을 다물고 있어 봤자 들키는 건 시간문제 같아서 용기를 내어 실토하기로 했다.

“여자애랑 사귀는 건…… 처음이거든.”

시라카와는 아주 살짝 눈을 크게 떴다. 이 역시 역대 남자친구들에게서는 보지 못했던 패턴인가 보다.

“달리 친한 여자애들도 없고, 하게 해주지 않으면 다른 애로 갈아탈 일도 절대 없으니까. 그러니까…….”

내용이 내용인지라 집 밖에서 얘기하기가 그래서 목소리가 기어들어갔다.

“앞으로 그런 일을 하는 건, 시라카와 쪽에서도 나랑 정말 ‘하고 싶다’는 생각이 들었을 때면 좋겠다고 할까…….”

동정인 걸 티 내냐고 웃을지도 모르지만 그녀와는 진심으로 좋아하는 마음으로 맺어져서 끝까지 가고 싶었다.

언젠가 정말로 좋아하는 여자애랑 그런 날을 맞이하게 되기를, 마음속으로 내내 그리고 꿈꿔 왔던 것이다.

아까는 이성을 잃고 폭주할 뻔했지만 꾹 참고 그만두길 다행이라고 생각했다.

"적어도 의무라든가 그런 식으로는 생각하지 말았으면 좋겠어."

말했다.

아까 방에서 제대로 하지 못했던 말을, 이제야 전했다.

"……그런가. 그런 뜻이었구나."

잠시 뒤 시라카와는 그렇게 말하며 나를 보았다. 그 얼굴은 가슴에 맺혔던 응어리가 해소된 듯 홀가분해 보였다.

"미, 미안……. 시라카와는 날 위해서…… 해주려고 했는데."

"괜찮아. 류토 네 생각이 뭔지 알았으니까."

싹싹하게 말하며 시라카와는 앞을 보았다. 그리고는 앞쪽에서 장바구니를 들고 걸어오던 아주머니에게 먼저 "안녕하세요." 하고 말을 걸었다. 이웃 사람 얼굴도 제대로 본 적이 없던 나는 감탄하고 말았다.

참 착한 아이라고 생각했다. 틀림없이 부모님과 할머니의 사랑을 받으며 구김 없이 자랐겠지……. 거기까지 상상하자 절로 가슴이 포근해졌다.

아, 이렇게 멋지고 귀여운 아이와 섹스를 했다면 얼마나 좋았을까…… 아니, 후회해 봤자 이미 때는 지나갔지만…….

"그럼, 만약에 내가 류토랑 섹스를 하고 싶어지면……."

시라카와가 그렇게 말을 꺼내는 바람에 나는 흠칫거리며 등 뒤를 확인했다. 아직 아주머니와 막 스쳐 지나간 참이었다.

그런 내 반응을 보고선 '되게 겁이 많다'며 깔깔거리고 재밌어하던 시라카와는 눈동자만 위로 굴려 나를 쳐다보았다.

"그때는, 류토한테 말하면 된다는 거지?"

"으, 응, 그렇지……."

바라건대 '그때'가 너무 먼 미래가 아니었으면 좋겠지만, 조급해하다 또 눈치를 보게 만들 수는 없었기에 말은 하지 못했다.

"알겠어!"

시라카와는 해맑게 대답하며 기분 좋게 웃었다.

"그때는 어쩌면 우리 사이가 더는 '얄팍한 호감'이 아니라 '진짜 애정'으로 변해 있을지도 모르겠네."

그 말에 가슴이 두근거렸다. 나는 이미 충분히 시라카와에게 빠져 있지만, 그녀도 나를 정말로 좋아해서 다른 커플들처럼 깨를 볶을…… 그런 날이 올 거라고 믿어도 되는 걸까?

살아 있길 잘했어.

시라카와에게 이런 말을 듣는 날이 오다니, 태어나길 정말 잘했다……!

집 주위를 세 바퀴 돈 뒤 다시 시라카와를 집까지 바래다주자 그녀가 현관 앞에서 미소 지으며 말했다.

"바로 섹스하지 않는 것도 괜찮은 것 같아. 이런 설렘은 처음일지도."

그리고는 가슴이 쿵쿵거려 아무 말도 못 하던 나를 향해 무진장 귀여운 얼굴로 웃으며 손을 흔들었다.

"오늘부터 잘 부탁해. 내 남친!"

◇

그렇게 꿈을 꾸는 기분으로 집으로 돌아온 뒤.

"역시 해 둘 걸 그랬어~ 우오오오오—!"

세찬 후회에 시달리며 침대 위에서 버둥거렸던 건 시라카와에게는 비밀이다.

제1.5장
루나와 니콜의 긴 전화

"있지 니콜, 들어 봐~! 나, 남친 생겼어."

"뭐?! 그게 뭐야! 언제?!"

"오늘 방과 후~."

"엥, 누군데?! 하루마? 카이세이?"

"아니야! 아마 절대 못 맞출걸."

"거짓말, 진짜로 누군데?! 그런 얘긴 전혀 안 했잖아!"

"그야 오늘 갑자기 고백 받았으니까. 카시마 류토라고 같은 반 애야."

"엥…… 그게 누구야? 그런 애도 있었어?"

"응, 나도 잘 몰랐는데, 날 좋아한대. 재밌을 것 같아서 사귀기로 했어."

"헐, 진짜로 누군지 모르겠어! 동아리는 뭐래?"

"글쎄, 아직 물어보진 않았는데. 방과 후에도 그냥 돌아가는 걸 보면 귀가부 아닐까?"

"흐으음. 얼굴은 잘생겼어?"

"으으음…… 보통이려나? 그래도 싫진 않았어."

"미안, 역시 전혀 모르겠어. 그래서, 했어?"

"아직~."

"루나가 웬일이래. 집에 사람이라도 있었어?"

"아니. 그런데 오늘은 안 하겠대, 류토가."

"엥, 그쪽에서 먼저 사양한 거야?!"

"응."

"진짜로?! 뭐야, 그 남자!"

"왠지는 모르겠지만, 우리 둘 관계를 소중히 여기고 싶대."

"뭐? 그게 무슨 소리래. 버진도 아니잖아."

"그치~."

살짝 소리 내 웃은 뒤 루나는 자신의 빨간 네일을 들여다보며 혼잣말했다.

"왠지, 좀 이상한 사람이야. 그래서, 왠지 좀 재밌고, 왠지 신경이 쓰인단 말이지."

제 2 장

꿈같은 일이 어제부터 연속되고 있다.

하지만 여러 번 뺨을 꼬집어도 눈이 떠지는 일은 일어나지 않았고, 밤에는 제대로 꿈도 꿨다. 멀리서 시라카와를 쳐다보는 꿈……. 거기서 제대로 잠을 깼으니, 이건 분명 현실일 거다.

믿기 힘들게도…… 나는 시라카와와 사귀게 됐다…….

나는 그런 생각을 하며 설레는 마음으로 등교했다. 그렇게 시라카와와…… 사귄 지 이틀째의 학교생활이 시작되었다.

학교에 도착해 반으로 향하자 교실 앞 복도에 있던 잇치가 내 모습을 보고는 쏜살같이 달려왔다.

"어어어어어어어어어어이!"

내 어깨에 턱 손을 얹고는 핏발이 선 눈으로 쳐다본다.

"이게 어찌된 일이야?! 그 뒤에 대체 무슨 일이 있었던 거고?! 라인으로 물어봐도 '이런저런 일들이 있었어'란 문자만 틱 보냈잖아. 난 신경이 쓰여서 잠까지 설쳤거든?!"

"어, 어어…… 미안. 그게……. 갔었어…… 시라카와네 집에."

"지, 지이이이이이이이입?!"

잇치는 아싸답지 않게 흥분해서 소리를 지르더니 기절할 것처럼 창백해졌다.

"한 거야?"

뒤돌아보자 닛시가 가면처럼 무표정한 얼굴로 서 있었다.

"우억, 깜짝이야."

"대답해. 한 거냐고 물었어."

닛시는 취조하듯 매서운 목소리로 캐물었다.

"어땠어, 캇시."

"말해, 솔직히!"

잇치도 긴박한 얼굴로 닦달했다. 애벌레 같은 손가락이 어깨를 파고들어 진짜로 아팠다.

"……안 했어."

""왜?!""

두 사람이 동시에 언성을 높였다.

"가족이 있었어?!"

"아니……."

"의외로 가드가 단단했어?!"

"아니, 그쪽은 할 마음이 있었던 것 같았는데……."

내가 대꾸하자 두 사람은 귀신 가면처럼 와락 엄니를 드러냈다.

""그럼 왜?!""

"이, 이런저런 준비가……."

"그래서 내가 늘 말했잖아! 아싸라도 콘돔 하나 정도는 들고 다니라고! 신사의 소양이라고!"

잇치가 커다란 덩치를 흔들며 외치는 바람에 등교한 반 아이들이 우리를 기이하게 쳐다보며 교실 안으로 들어왔다.

"아니, 그런 준비가 아니라, 마음의……."

"마으음?!"

"니가 무슨 아가씨야?!"

"인기도 없는 주제에, 왜 한 번뿐인 소중한 기회를 놓치는 거야?!"

두 사람의 힐난에 복도 벽으로 내몰린 나는 몸을 움츠렸다.

안 그래도 시라카와와 하지 않았던 걸 살짝 후회하고 있는데, 이렇게 나무라기까지 하니 속이 쓰렸다.

"아니…… 그래도. 앞으로도 계속 사귈 거니까, 그런 기회가 이번 한 번뿐인 건 아니잖아……?"

내 대답에 두 사람이 단숨에 얼굴을 굳혔다.

"캇시……."

"너 설마, 정말로 시라카와랑 사귈 수 있다고 생각하는 거야……?"

"어?"

당황하는 나를 두 사람은 불쌍한 생물처럼 쳐다보았다.

"상대방은 천하의 시라카와 루나야. 학교 피라미드의 정점에 서 있지. 아싸는 놀리면서 갖고 놀기만 할 게 뻔하다고. 남자들을 수없이 갈아 치워 온 그 애가 어제는 무슨 바람이 분 건지는 몰라도 하룻밤 상대로 널 선택해 준 건데, 뭘 진짜로 남자친구라도 된 양 행세하는 거야."

"어? 어어……?!"

허둥거리는 나를 보며 닛시가 한심하다는 듯이 고개를 가로저었다.

"뭐 됐어. 좀 더 꿈을 꾸게 놔두자고, 잇치."

"하긴. 금방 현실을 깨닫게 될 테니까."

퉁퉁이와 비실이 두 사람은 연민 어린 시선으로 나를 보더니 어깨동무를 한 채 복도를 걸어갔다.

"……."

뭐?

그, 그런 건가? 그래도 설마 놀림을 당하고 있는 건 아니겠지? 시라카와랑 사귀는 거…… 맞겠지……?

두 사람의 말에 왠지 급 불안해지기 시작했다.

그때, 교복 주머니 안에서 스마트폰이 울리는 진동이 느껴졌다.

"……응?"

꺼내 보자 라인 팝업창이 눈에 들어왔다.

> ☆LUNA☆
> 늦잠을 자버렸어~… 빼앵(´ ; ω ; `)

시라카와가 보낸 메시지다.

이것을 보니 역시 어제 일이 꿈이나 환상은 아니었다는 생각이 들었다.

사귀지 않는다면 이런 메시지를 보낼 이유가 없고, 애초에 연락처 교환조차 하지 못했을 테니까.

그저 아싸의 반응을 즐기고 싶어서 나를 살짝 놀려볼 생각이었다면 이렇게까지 귀찮은 짓을 할 리가 없었다. 대가가 너무 컸다.

나는 그렇게 생각하며 스스로를 안심시켰다.

시라카와는 어제도 헤어지고 집으로 돌아와 저녁을 먹은 뒤 잠을 자기 전에 몇 번 메시지를 보내 주었다.

유토 역까지 자전거를 타고 가서 서둘러 오면 1교시 전에는 도착할 수 있을 거야. 힘내!

나는 이런 재미없는 대꾸밖에 하지 못했지만, 그래도 그때마다 바로 답장을 보냈다.

또 스마트폰이 진동하더니 시라카와의 메시지가 도착했다.

☆LUNA☆ 답장 완전 모범생 빼애앵(´;ω;｀) 힘낼게(´;ω;｀)

"완전 모범생……."

재미없는 말만 해서 미안.

하지만 보통은 모범생 같은 답장이 한계일걸. 시라카와를 웃겨 보려다 실패했다간 평생 농담이라곤 입에 올리지도 못하게 될 테니까.

뭔가 답장을 써 볼까 싶었지만, 그녀도 준비하느라 바쁠 것 같아서 대충 '힘내' 스티커나 보내 주고 폰을 닫았다.

또 금세 폰이 진동하더니 별로 귀엽지 않은 토끼 캐릭터가 쩔쩔매는 얼굴이 보내져 왔다.

"이럴 시간에 얼른 준비나 하지."

나는 무심코 쓴웃음을 흘리며 이번에야말로 스마트폰을 닫았다.

시라카와는 1교시가 끝날 때쯤 등교했다. 웨이브 진 머리도 반짝거리는 입술도 언제나와 같이 한 점 흐트러짐이 없었다. 몸단장에 걸리는 시간은 양보할 수 없는 것도 그녀다웠다.

그 귀여운 모습을 보자 어제의 꿈만 같던 시간이 떠올라 역시 한 번은 할 걸 그랬다는 후회가 밀려들었다.

그리고 쉬는 시간이 되자 시라카와는 훌쩍 내 자리로 다가왔다.

"안녕~."

"……아, 안녕."

나는 주변 사람들의 시선이 마음에 걸려 그만 수상한 사람처럼 주위를 둘러보았다.

"늦었네."

빨리 얘기를 끝내고 싶어서 뜸을 들이지 않고 바로 말을 꺼냈다.

"응~, 늦잠을 자버렸어."

"왜? 늦게 잤어?"

빠르게 대화를 진행시키는 내게 시라카와는 얌전한 얼굴로 말했다.

"류토를 생각했더니, 왠지 잠이 안 와서."

"뭐?"

가슴이 쿵쿵거려 주변을 살핀다는 것도 깜빡하고 멍하니 그녀를 바라보았다.

"류토 같은 사람은 처음이라서. 왠지 신기해서."

"어, 그랬어……?"

스스로 말하긴 슬프지만, 솔직히 흔해 빠진 양산형 아싸라고 생각하는데……. 뭐, 시라카와 주위에 없던 타입인 건 맞겠지만.

"루나~!"

그때, 교실 안쪽에서 갸루 그룹의 여자애가 시라카와를 불렀다.

갸루 그룹 내에서도 제법 존재감이 강한, 시라카와와 제일 친한 정통 갸루였다.

"……."

여자애가 나를 힐끔거린 것 같은 느낌이 들어 나는 목을 움츠리며 존재감을 지우려 시도했다.

"응~?"

시라카와는 그것을 눈치 채지 못한 기색으로 나에게 조그맣게

"그럼 이따 봐~."라고 말하며 자리를 떠나갔다.

시라카와는 그 뒤로도 쉬는 시간마다 종종 내게 말을 걸어 주었다.

기쁜 반면, 주위의 시선이 신경 쓰여 견딜 수 없었다.

특히 저 진하게 화장한 갸루 여자애의 나를 적대하는 듯한 시선이.

"……저기, 시라카와."

몇 번 눈총을 받은 뒤, 나는 결국 참지 못하고 시라카와에게 작은 소리로 말했다.

"나랑 사귀는 거, 아무한테도 말 안 했지?"

"어?"

시라카와는 '왜 그런 걸 묻냐'고 질문하는 듯한 시선으로 나를 보았다.

"친구인 니콜한테는 말했는데."

"……."

니콜은 저 진하게 화장한 갸루 여자애를 말한다. 이름이 분명 야미나 니코루였지. 1학년 때부터 시라카와와 자주 같이 있었고.

"왜? 혹시 그럼 안 되는 거였어? 류토는 친한 친구한테도 말 안 했어?"

시라카와는 순진하게 물었다.

"아니…… 친구 두 명이 알고 있어."

"거 봐."

바로 상황이 불리해졌다. 나도 입막음을 한 게 아니라 뭐라 할 말이 없었다. 애초에 잇치와 닛시는 시라카와와 사귀게 된 계기를 만든 녀석들이라 내가 먼저 밝힌 건 아니지만, 어쩔 수 없지.

"……단지, 나랑 시라카와가 얘기하고 있으면 눈에 띈다고 할까……."

나는 주변을 힐끔거리며 그렇게 말했다.

쉬는 시간의 어수선한 분위기에 뒤섞여 있다지만 시라카와 같은 여자애가 하루에 몇 번이나 나 같은 아싸에게 말을 거는 건 시라카와 워처(틀림없이 있을 거다. 나도 그랬으니까)의 눈에는 기이하게 비칠 게 분명했다.

"……그 말은, 학교에서 너무 말 걸지 말고 사귀는 걸 비밀로 하라는 뜻이야?"

소리를 낮춘 시라카와의 질문에 나는 어색하게 고개를 끄덕였다.

"응…… 대충, 그런, 셈이지. 그래 주면 고마울 것 같아……."

네가 감히 그런 부탁을 할 처지냐 싶겠지만, 그런 말을 하면 애초에 시라카와와 사귀는 것부터가 내 분수에 어긋난 일이었다.

"……알았어."

시라카와는 마지못해 하면서도 승낙해 주었다.

"그럼, 내가 류토랑 얘기해도 되는 건 언제인데?"

"어."

갑자기 훅 치고 들어온 질문에 나는 당황했다.

"……토, 토·일요일 같은 날에 만나면 되지 않을까?"

난데없이 이런 소릴 했으니 뻔뻔하다고 생각하려나. 너 같은 아싸가 휴일에 시라카와를 독점하려면 100년은 멀었다고 머릿속에서 또 한 명의 내가 설교를 해댔다. 하지만 순간적으로 대답을 도출하려다 보니 떠오르는 게 이것밖에 없었다.

"그 말은, 데이트하자는 뜻이야?"

"흐엑?!"

시라카와가 갑자기 보통 음량으로 돌아와서 묻는 바람에 나는 이상한 소리를 내고 말았다.

다행히도 이전 수업이 과학실에서 있었던 덕에 아직 교실로 돌아온 학생은 그리 많지 않았다. 근처에 귀를 쫑긋 세우고 있는 학생도 없어 보였다.

"그, 그렇다고…… 할 수 있지."

데이트라는 워딩에 가슴이 두근거리고 눈알이 사정없이 굴러갔다.

"안 되면, 뭐, 할 수 없고……."

하지만 반쪽짜리라도 일단은 '남자친구'라 데이트를 거부당하면 상당한 충격을 받을 것이었다.

"응, 좋아."

시라카와는 선뜻 대답했다.

"일요일은 약속이 있지만 토요일은 비어 있어. 어디 갈래?"

그때 예비종이 울렸다. 나는 먼저 "그, 그럼 이만……." 하고 인사

한 뒤 그녀의 옆을 떠났다.

아직도 빠르게 뛰는 가슴을 부여잡은 채 자리에 앉아 교과서를 꺼내 준비하며 차차 현실로 돌아온 나는 무심코 중얼거렸다.

"그런데 토요일이면…… 내일이잖아."

첫 데이트가 바로 내일에다 노 플랜이라니.

상대방이 무려 시라카와인데?!

◇

그 뒤로는 수업이 손에 잡히지 않았다.

하지만 아무리 생각해 봐도 인기 없는 아싸가 시라카와를 만족시킬 만한 멋진 데이트 코스를 떠올릴 리 없었다.

책상 안에 숨겨 놓은 스마트폰을 몰래 힐끔거리며 '데이트 장소'라고 검색해 봐도 상위 검색결과에는 고리타분한 아이디어밖에 나오지 않았다.

그렇게 한참을 고민했더니 속까지 울렁거려서, 일단 데이트에 관한 건 잊어버리기로 했다.

방과 후 시라카와는 미리 합의했던 대로 나에게 말을 거는 대신 친구인 '니콜'과 즐겁게 얘기를 나누고 있었다. 나는 왠지 떨떠름한 기분을 느끼며 잇치와 함께 교실을 뒤로했다.

그렇게 집으로 돌아와 방에서 한숨을 돌린 뒤 KEN이 올린 신작 영상이나 볼까 하고 스마트폰을 손에 든 그때.

시라카와에게서 라인 알림이 왔다.

"어?!"

메시지가 아니라 전화였다.

심지어 영상통화.

"어어, 우와악……?"

뭔가 이상한 게 찍힐까 봐 등 뒤를 확인한 뒤 침대 위에 꿇어앉은 나는 응답 버튼을 눌렀다.

"여, 여보세요……?"

"와, 류토다~!"

화면에 비친 시라카와는 환한 얼굴로 내 쪽을 향해 손을 흔들었다.

배경을 보니 시라카와도 방에 있는 듯했다. 그렇다는 건, 그 뒤에 바로 집으로 돌아갔다는 뜻인가.

"웨, 웬일이야?"

내가 시라카와가 실내복으로 입은 듯한 핑크색 뽀글이 후드 집업(지퍼가 심하게 내려가 있어서 역시나 가슴골이 보이는)에 동요하고 있자니 그녀가 살짝 입술을 삐죽거렸다.

"내일 데이트 때문이지. 네가 먼저 가자고 했잖아! 설마 잊어버린 거야?"

"아…… 데……."

데이트. 몇 번을 들어도 엄청난 파워가 느껴지는 단어다. 그런데 그것도 일단은 내가 먼저 가자고 한 게 되는 건가……? 그렇다면 그나마 다행이고.

"맞아, 데이트! 어디 갈래?"

"어 그게……."

순간적으로 떠오른 건 수업 중에 검색한 내용이었다.

"첫 데이…… 트니까, 영화라든가……?"

"흐으음?"

화면 너머로 보이는 자그마한 얼굴이 천천히 고개를 갸웃거렸다.

"그런 데도 괜찮겠어? 혹시 뭐 보고 싶은 영화 있어? 류토는 영화 좋아해?"

"어, 아, 아니……."

영화관은 1년에 한 번 정도밖에 가지 않았고 최신 상영작들도 잘 몰랐다.

"류토는 나랑 뭘 하고 싶은데? 왜 데이트를 하자고 한 거야?"

시라카와의 눈이 유혹하는 것처럼 나를 보는 듯했다.

나는 그 사실에 살짝 허둥거리며 입을 열었다.

"시라카와를…… 좀 더 알고 싶어서."

"내 뭘 알고 싶은데?"

시라카와가 몸을 움직거리자 팔뚝에 눌려 가슴골이 더 깊어졌다. 나는 꿀꺽 군침을 삼켰다.

"좋아. 류토가 하고 싶은 거면 뭐든지 해줄게……."

시라카와의 표정은 부드러웠다. 지금 당장이라도 남자의 욕망을 채워 줄 것 같은 여신의 미소를 짓고 있었다.

하지만 그렇게 말한다고 여기서 냉큼 '그럼 호텔로 가자' 같은 말을 할 수 있었다면, 16년이나 아싸로 살아오지도 않았을 거다!

게다가 시라카와와의 관계를 소중히 키워나가고 싶다는 마음은 사실이었다. 시라카와가 나랑 하고 싶다고 말해 줄 때까지 기다린다. 그 다짐에 망설임은…… 없었다.

이런 식으로 욕망을 자극해 오면 조금 자신감이 사라지긴 하지만. 시라카와가 지금 눈앞에 없어서 다행이다…….

"……시라카와는?"

할 말이 궁해진 나는 거기서 질문을 받아쳤다.

"시라카와는 휴일에 뭘 하고 싶어?"

"어……?"

내 질문에 시라카와는 눈을 살짝 크게 떴다.

"나? 그건 왜 묻는데?"

"시라카와는 어떤 일을 하는 걸 좋아하나…… 싶어서."

"음, 나는 말이지~."

시리카와는 기쁜 듯 입꼬리를 살짝 올리더니 비스듬히 위쪽으로 시선을 들었다.

"옷을 좋아하니까 쇼핑이려나~? 그리고 화장품 매장에서 테스터를 사용해 보거나 귀여운 카페에 가거나……."

"그럼, 그걸 하지 않을래?"

"어……?"

시라카와는 놀란 듯이 눈을 크게 떴다.

"내가 하고 싶은 걸 같이해 주는 거야……?"

"응. 난 딱히 시내에서 하고 싶은 게 없으니까…… 그럼 하고 싶은 게 있는 쪽에 맞추는 게 나을 것 같아서."

시라카와와 같이 시간을 보내는 것 자체가 나에게는 일생일대의 이벤트니까. 그 이상은 바라고 싶어도 생각이 좀처럼 떠오르지 않았다.

내 말을 들은 시라카와는 눈을 끔뻑거렸다.

"……왠지 류토는, 역시 좀 별난 것 같아."

그녀는 그렇게 말하고는 슬쩍 웃었다.

"이런 말을 하는 남자친구는 처음 봐."

나는 그 반응에 비로소 확신을 가질 수 있었다. 시라카와는 단순히 엉덩이가 가벼운 문란한 여자가 아니었다.

뭐든지 남자친구에게 맞춰 주려고 했고 그동안 지나치게 남자친구의 비위를 맞춰 준 결과 여자친구라기보다는 적당히 먹고 버리기 좋은 여자로 전락했고, 다들 질려서 갈아타는 안타까운 미소녀가 되었던 것이다.

"왠지, 류토는 정말 별난 것 같아……."

아직도 진지하게 그렇게 혼잣말하는 시라카와를 보며, 나는 과거의 남자친구들과는 다르게 행동할 것이라고 속으로 되뇌었다.

그 뒤에는 약속장소에 관해 몇 마디 대화를 나누고 전화를 끊었다.

"그럼 끊을게, 내일 봐!"

"응, 내일 봐."

화면에서 그녀의 얼굴이 사라지자 마음이 놓이면서도, 어쩐지 아쉬운 기분이 들었다.

그리고 다음으로 치솟은 것은.

"우오오오—!"

이렇게 귀여운 애와 단 둘이 영상통화를 했어……!

심지어 이 미소녀는 내 여자친구고……!

"진짜냐—!"

나는 내 방인데도 흥분해 몸을 버둥거리며 실컷 침대 위를 굴러다녔다.

"아~, 시라카와……."

홈웨어 차림의 시라카와도 귀엽고 살짝 섹시한 게 최고였다.

학교 아이들은 모를 자기 방에 있는 시라카와의 모습.

시라카와의 방도…… 좋은 냄새가 났었지.

나는 시라카와네 집을 방문했을 때를 떠올리고는, 당시의 흥분을 되새김질함과 동시에 후회에 사로잡혔다.

"왜 그때 안 했을까……."

일이 이렇게 됐으니 시라카와가 가벼운 마음으로 방에 초대해 줄 일은 이제 없을지도 몰랐다.

그래도 예전 남자친구들과 같은 사람이 되고 싶지는 않았으니까.

뭐, 나 같은 사람과는 한데 묶기도 송구스러운 인싸 훈남들이겠지만 말이다…….

"……이제 그만하자!"

그렇게 생각이 쳇바퀴처럼 머릿속을 맴도는 사이 밤은 점점 깊어 갔던 것이었다.

◇

태어나서 처음으로 제대로 좋아하게 된 이성은 검은색 롱 헤어의 청초한 미소녀였다. 나의 트라우마가 된, 중1 때 고백했던 상대다.

원래 나는 그런 타입의 여자애를 좋아했다. 애니메이션이나 게임에서도 섹시한 계열의 여성 캐릭터보다는 단연코 청초한 타입을 밀었다.

그래서 이렇게 취향과 정반대인 화려한 타입의 미소녀와 같이 있는 자신이 어쩐지 신기하게 느껴졌다.

게다가 이 미소녀는 내…… 여자친구이기까지 한 것이다.

그 생각을 하면 아직도 어색하고 마음이 초조해 어찌할 줄을 몰랐다.

누가 보면 어떡하지. 누군가 목격하길 바라는 마음이 아예 없는 건 아니지만, 왜 저런 아싸가 옆에 있는 거냐고 욕을 먹는 건 겁이 났다.

데이트 당일인 토요일. 나는 그런 생각에 여러 의미로 가슴을 두근거리며 시라카와와 함께 길을 걷고 있었다.

"헉, 대박! 이거 어어어엄청 귀엽지 않아?!"

신주쿠 역 건물의 패션플로어에서 나는 흥분한 시라카와를 구경했다.

“완전 귀여워!! 진짜로 너무 귀엽다~! 이런 건 색깔별로 사 주는 게 도리지~!”

솔직히 나는 그녀가 절찬하는 물건의 장점이 이해가 가지 않았다. 그녀는 어떻게 입는 건지도 알 수 없는 등짝이 흐늘거리고 뚫린 윗옷이라든가, 유난히 빨갛고 끈적끈적한 립스틱처럼 내 이해력을 초월한 물건을 손에 들고는 흥분해서 목소리를 높이고 있다.

이해하기 힘들다고 한 김에 말하자면, 시라카와의 오늘 복장도 굉장했다.

양쪽 어깨가 훤히 드러난 상의에, 가죽 같은 질감의 검고 타이트한 미니스커트, 거기에 꽤 굽이 높은 검은 샌들을 매치하고 뱀가죽처럼 보이는 가방을 들고 있다.

갸루다. 나 같은 양산형 남고생은 옆에 나란히 서서 걷는 것조차 황송한, 어디 내놔도 부끄럽지 않은 훌륭한 갸루였다.

그리고 역시나 무지막지하게 예뻤다.

“엇, 저기, 재 되게 귀엽지 않아?”

“어디 모델인가? 갸루 쪽은 잘 모르지만…….”

대학생쯤으로 보이는 여자 두 명이 시라카와를 보며 속닥거리는 것도 귀에 들어왔다.

역시 시라카와의 귀여움은 도심 한복판에서도 눈에 띄는 수준인 것이다.

그렇게 생각하자 그런 여자애의 ‘남자친구’로서 걷고 있다는 게

황공하면서도 기분이 좋아서 가슴이 더더욱 두근거렸다.

아, 역시 할 걸 그랬나…… 아냐, 난 예전 남자친구들과는 달라. 그런 생각이 꼬리에 꼬리를 물고 이어지는 바람에 머릿속이 바빴다.

시라카와는 그런 내 옆에서 상품에 정신이 팔려 있었다.

"와~ 대박! 진짜 귀여워~ 너무 좋다~!"

아까부터 거의 같은 어휘를 돌려쓰고 있지만 그녀의 감동은 진심으로 보였다.

일본인답지 않게 쌍꺼풀이 또렷한 커다란 눈이 반짝거리고, 평소보다 더 마스카라를 덧바른 속눈썹이 기쁨에 떨리고 있다. 립글로스로 마무리해 건드리면 촉촉한 소리가 날 것 같은 입술도 탐스러웠다.

내가 실은 갸루를 좋아했던 거였나……?

아니, 시라카와가 귀여운 거다. 그리고 갸루 화장이나 패션이 그녀에게 잘 어울려서, 내 취향과는 완전 딴판이라도 받아들일 수 있었던 거겠지.

그런 생각을 하며 옷과 화장품을 눈으로 쇼핑하는 시라카와를 지켜보길 약 두 시간.

그 뒤 인스타에서 소문난 카페에 가서 파르페처럼 수북하게 담긴 음료수를 마시던 시라카와가 불쑥 나에게 물었다.

"……있잖아, 류토?"

가게에서 계속 흥분하던 때에 비하면 목소리 톤이 제법 낮았다.

"괜찮아? 역시, 이런 데이트는 좀 재미없지?"

"안 그래."

정말로 그렇게 생각했기에 대답했지만, 시라카와는 갈색 일자 눈썹을 팔자로 휘었다.

"……거짓말. 류토는 가게 물건들을 전혀 구경하지 않았잖아?"

"어, 어? 아니, 그건, 그러니까……."

확실히 맞는 말이긴 하지만.

하지만 남자가 여자 패션 아이템을 구경한다고…… 심지어 유니섹스로 나온 거면 몰라도 딱 봐도 갸루용으로 나온 옷을 구경한다고 없던 관심이 생길 리가 없었다. 그걸 아닌 척할 수는 없었다.

"……그래도, 아무튼 재미없지는 않았어. ……시라카와를 쳐다보느라고."

불쾌하다고 여기면 어쩌나 겁을 내면서도 결국 머뭇거리며 사실을 덧붙였다.

내 대답에 시라카와가 깜짝 놀란 표정을 지었다.

"그게 뭐가 재밌었는데?"

"어?!"

거기까지 파고들 줄은 몰라서 살짝 당황했다.

"아니, 그야…… 이런 옷을 좋아하는구나라든가, 기뻐하는 모습이 귀엽다든가…… 우와, 미안. 기분 나쁘지, 내가……."

내 입으로 얘기하면서도 견딜 수가 없어 자학적으로 말하자, 시라카와는 진지한 얼굴로 고개를 가로저었다.

"쇼핑하는 날 보는 게 재밌었어?"

그 물음에 나는 고개를 끄덕였다.

"즐거워하는 시라카와를 보고 있으니까…… 왠지, 나도 즐거워졌어."

"……."

시라카와는 당황한 기색으로 입을 다물었다.

뭔가 이상한 소리를 했나 싶어 얼굴을 들여다보자, 양 뺨이 점점 핑크빛으로 물들기 시작했다.

"……그게 뭐야. ……왠지 좀 부끄럽다."

"……"

귀, 귀여워!

시라카와가 무려 부끄러워하고 있다고?!

"……역시, 류토는 좀 별나네."

그렇게 말하며 보여준 수줍은 미소는 마치 어린 소녀처럼 천진난만하고 사랑스러웠다.

어떡하지.

사라카와가 좋다.

아니, 줄곧 좋다고 생각했지만, 사귀고 나서부터는 더욱더 좋아지고 있다.

그때 테이블에 놓인 시라카와의 스마트폰이 진동했다.

"아, 니콜이다."

까맣던 폰 화면에 불이 켜지더니 메시지 팝업이 여러 개 떴다.

시라카와는 나에게 "잠깐만 확인해도 될까?" 하고 양해를 구한 뒤 스마트폰을 손에 쥐고는 묵묵히 화면을 터치하기 시작했다. 아마 메시지에 답장을 하고 있는 것이리라.

할 일이 사라진 나는 무료하게 가게 안을 둘러보았다.

시라카와가 데려온 곳은 리조트 비치를 모티브로 한 테라스 석이 있는 카페였다. 통로가 해변처럼 우드 데크로 되어 있는데다 실제로 하얀 모래를 바닥에 깔아놓은 공간도 있어서, 나 혼자였다면 절대로 들어오지 않았을 인싸 감성 충만한 카페였다.

나 같은 아싸가 이런 곳에 있어도 되는 걸까? 불안감이 엄습한 나는 눈앞에 있는 시라카와에게로 시선을 되돌렸다.

어느 각도에서 봐도 시라카와는 정말 귀여웠다. 오늘 이렇게 옆에서 같이 행동하면서 그 사실을 실감했다.

하지만 나는 어떨까? 어느 각도에서 봐도 얼뜨기…… 못난이……로만 보이지 않았으면 좋겠는데…….

"……."

뭐, 그런 걸 고민한다고 답이 생기는 건 아니다. 내가 시라카와와 잘 어울리는 훈남이 아니라는 건 바꿀 수 없는 사실이니, 하다못해 내면만이라도 견실하게 채워야…… 자신은 없지만…….

시라카와는 여전히 스마트폰에 문자를 입력하고 있었다. 정말로 '니콜'과 사이가 좋은가 보다.

나는 메시지를 입력하기가 귀찮아서 잇치나 닛시와도 라인을 잘 하지 않았고, 해도 용건만 한두 개 주고받은 뒤 끝내는 편이었다.

시라카와는 어젯밤에도 '니콜'과 늦은 밤까지 오래 통화한 눈치였다. 휴일 전날의 일과나 마찬가지라 약속시간은 오후면 좋겠다는 말

도 했었다. 그래서 지금은 벌써 오후 4시가 지난 시각이었다.

어제도 전화로 얘기를 나눴을 텐데 대체 뭘 그렇게 바삐 전할 말이 있는 걸까? 좀처럼 폰을 손에서 떼지 못하는 걸 보면 채팅 모드로 돌입한 모양인데.

……설마, 내 험담을 하나?

"……."

아니, 아닐 거야! 피해망상은 좋지 않다.

자꾸 이런 생각이 드는 것도 다 내가 나 자신에게 자신감이 없기 때문이다.

그러니 변해야 했다. ……지금 당장은 무리일지라도 가능한 범위까지만이라도.

시라카와가 무어라 한소리를 한 것도 아닌데 멋대로 자신감을 상실하지는 말자. ……그래, 그만하는 거야.

귀여운 여자애를 믿지 못한다는 트라우마를 극복하지 않는 한, 이런 초절정 귀여운 여자친구와 교제를 이어나갈 수 없으니까…….

하지만…… 뭘까. 시라카와를 솔직하고 착한 아이라고 생각하면서도, 가끔 정신이 들면 나를 찬 미소녀의 얼굴과 겹쳐보고 있을 때가 있었다.

두 사람은 타입도 전혀 다른데 말이다. 이상하지.

"……정말~, 니콜도 참~!"

그때, 계속 묵묵히 스마트폰만 만지고 있던 시라카와가 화면을 한 번 탭한 뒤 폰을 귀에 가져다 댔다.

“그~러니까~ 지금 류토랑 데이트 중이라고.”

그러자 스피커에서 “알아! 그래서 전화한 거라고!”라며 새된 여자애의 목소리가 들려왔다.

“……뭐~? ……아, 그게 뭐 어때서, 나중에 얘기할 테니까.”

뭔가를 집요하게 캐묻는 모양이다. 시라카와는 조금 귀찮은 듯이 소리를 높였다.

“그러니까~ 쇼핑몰에 가서 세실 옷도 구경하고~ 에뛰드 화장품도 구경하고~ 비치 카페에 와서~ ……응, 맞아, 전부 내가 가고 싶다고 했어.”

시라카와는 신나게 얘기하고 있었다.

“……그치. 이런 데이트를 해 보는 건 처음이야.”

테이블 위의 달콤해 보이는 음료수 잔을 바라보며 정말로 마음을 허락한 사람에게만 보이는 애교 섞인 미소를 짓는다.

그 얼굴을 본 순간, 조금 전까지 하고 있던 생각들이 아무래도 상관없어질 만큼 가슴 안쪽이 지끈거렸다.

이런 귀여운 여자애가 내 여자친구인 것이다.

여기에 있는 시라카와는 과거에 예전 남자친구들과 여러 좋지 않은 경험들을 했고, 지금은 내 여자친구로 눈앞에 앉아 있다. 그것은 내게 있어 가슴 아픈 사실이지만…… 그녀가 거쳐 온 연애들이 행복한 기억으로 남았다면, 그녀는 지금 이 자리에 없었을지도 몰랐다. 그녀가 사귀었던 남자들은 그녀를 편할 대로 이용하고 버렸다.

나는 그런 과거의 남자친구들과 같은 짓을 하지 않을 것이었다.

그녀를 행복하게 해줄 것이다…….

하지만 포부는 거창해도.

솔직히 뭘 어떻게 해줘야 좋을지 모르겠다. 의욕만 넘쳐서 헛돌고 있었다.

역시 내 이 부정적인 사고는 '남자친구로서 자신감이 없다는 것'에서 기인하는 듯했다.

그 사실을 깨달았다고 해서 해결책까지 알게 된 건 아니지만.

"뭐해? 류토."

어느새 시라카와는 친구와의 통화를 마치고는 날 의아한 눈길로 쳐다보고 있었다.

"아, 응……. 다음 주 한자 시험 생각이 나서 큰일이라고 생각하던 중이었어."

시라카와는 그 말을 듣더니 미간에 와락 주름을 잡았다.

"헐~ 정말이네. 기운 빠져……. 기껏 완전히 잊어버리고 있었는데!"

"그럼, 잘됐네."

"잊어버리고 싶었다고~!"

"그럼 공부를 못 해."

머리를 싸매는 그녀에게 웃으며 태클을 건 나는 어른스러워 보이려고 주문한 블랙커피를 가슴속의 씁쓰레함과 함께 음미했다.

제2.5장
루나와 니콜의 긴 전화

“아, 니콜~ 수고 많았어.”

“그래서, 오늘 데이트는 어땠는데?”

“음~ 아까 전화로 얘기했잖아. 쇼핑하고 차 마시고 집에 왔어.”

“헐, 정말 그것만 하고 돌아온 거야?”

“응.”

“진짜로 오늘도 아무 일도 없었어?”

“응.”

“손끝 하나 안 건드렸다고?”

“응.”

“헐…….”

“……왜? 그게 뭐 잘못됐어?”

“내가 좀 생각을 해 봤는데 말이야.”

“응? 뭐를?”

“루나한테 어울리는 남자가 어떤 사람일지 계속 고민해 봤거든.”

“엥~ 그게 뭐야! 처음 듣는 말인데!”

“그치만 넌 남자를 보는 눈이 전혀 없잖아. 친구로서 걱정이 되지 뭐야.”

“니콜……!”

“그래서 너 몰래 계속 고민해 봤는데.”

“……봤는데?”

“음~, 아직 확신은 없지만 말이야.”

“응.”

“그, 류토라는 녀석? 이 제법…… 내가 생각하던 ‘루나랑 잘 어울리는 남자’에 가까운 것 같아.”

“…….”

“왜 말이 없어?”

“아니. ……니콜이 그런 말을 해줄 줄은 생각도 못 했어서.”

“헐~ 그게 뭐야?”

“그치만, 류토는 좀 별나잖아?”

“으음. 뭐, 난 아직 그 녀석에 대해서 잘 모르긴 한데. 그동안 만났던 남자들보다는 그나마 나은 수준일지도 모르지?”

“아하하, 역시 니콜은 기준이 엄격하네~.”

“당연하지. 난 더 이상 눈물 흘리는 루나를 보고 싶지 않다고.”

“…….”

“뭐, 아직 모르는 게 많긴 하지만, 잘 되면 좋겠다.”

“그러게. 노력할게.”

“그래도 안 맞는다 싶으면 억지로 노력할 것 없어. 루나는 마음이 여리니까 먼저 말하기 힘들겠지만.”

“음……. 일단 나는 류토랑 계속 사귀어 보고 싶어.”

"그래?"

"솔직히 류토랑 있으면, 왠지 마음이 편하거든. 내가 나로 있을 수 있다고 할까."

"그럼 다행이고."

"이게 '누가 나를 소중히 여겨 주는' 느낌인가? 아직 잘 모르겠지만."

스마트폰을 귀에 대고 방의 천장을 바라보던 루나의 입가에 설핏 미소가 어렸다.

"이대로 류토랑 잘 되면 좋겠다고, 그렇게 생각하고 있어."

제 3 장

시라카와는 남녀를 불문하고 반 아이들에게 인기가 좋았다.

그 말은 당연히 남자와도 종종 대화를 나눌 때가 있다는 뜻이다.

예전에는 딱히 아무런 생각도 들지 않았던 딴 세상 광경이었지만, 이렇게 '남자친구'가 된 지금 쉬는 시간에 그런 모습을 목격하니 적잖이 가슴이 술렁거렸다.

하물며 그 상대방이 축구부 주전에 핵인싸 훈남이라면 더더욱.

하지만 나에게는 시라카와의 교우관계에 참견할 권리가 없었다. '나 말고 다른 남자는 보지 말라'는 건 순정만화에 나오는 강압 미남이면 몰라도, 나한테는 입이 찢어져도 하지 못 할 말이었다.

게다가 나는 시라카와가 달라지기를 바라지 않았다.

곰곰이 생각해 보면 내가 좋아하게 된 건 남녀를 불문하고 많은 친구들에게 둘러싸인 인기 많은 시라카와였다. 그런 그녀가 나랑 사귀게 됐다고 나처럼 동성 친구들 몇 명밖에 없는 아싸가 되는 건 원하지도 않거니와 생각해 본 적도 없었다.

"그런데 저 축구부는 최근 들어 부쩍 말을 거는데……."

사귀기 전부터 시라카와 워처였던 나는 그녀와 가까운 사람들의 얼굴도 대강은 파악하고 있었다. 앞서 말한 축구부는 최근 일이 주 사이에 갑자기 시라카와에게 접근한 뉴 페이스였다.

그때 축구부와 얘기하던 시라카와가 불현듯 내 쪽을 보더니 나와 눈을 마주쳤다.

“아, 류…….”

웃으며 무어라 말하려 입을 떼던 그녀는 거기서 축구부의 시선을 눈치 챘다.

“왜 그래?”

축구부의 질문에 그녀는 “아니.” 하고 살며시 고개를 저었다. 그리고는 다시 슬쩍 웃으며 내게서 시선을 뗐다.

학교에서 말을 걸지 말아 줬으면 한다는 내 희망대로 해준 것이니 그녀의 태도에 불만이 생기지는 않았다.

하지만 반 애들이 보는 앞에서 ‘시라카와는 내 여자친구’라고 선언하면 이 조그만 가슴 속의 응어리도 사라질까 순간 고민한 건 사실이었다.

“저기…… 역시, 비밀로 해 두는 게 낫겠지?”

평소처럼 셋이 둘러앉아 점심을 먹는 자리에서, 나는 용기를 내 물어 보았다.

“그게 무슨 소리냐, 친구야.”

잇치가 나를 보며 묻자 닛시도 걱정스레 입을 열었다.

“네가 KEN 키즈라는 거 말이야? 당연하지. KEN은 우리들 사이에선 신이지만, 일반인들한테는 무명을 넘어서 사람을 쏘는 게임의 전직 프로게이머라는 킬러랑 별 차이 없는 존재라고. 반 애들한테 CO* 해 봤자 인상이나 쓸걸."

"아니거든. 그리고 인랑** 용어 쓰지 마."

닛시는 우리 세 사람 중에서 제일 KEN의 신자인 주제에 신에게 폭언을 서슴지 않았다.

"그것 말고…… 시라카와랑 내가 사귄다는 거 말이야."

소리를 낮추어 말하자 두 사람의 어깨가 흠칫거렸다. 그리고는 내 쪽을 힐끗 보더니 눈빛을 교환하고는 안타깝다는 듯이 눈썹을 늘어뜨렸다.

"캇시… 아직도 그런 소릴 하는 거야?"

"뭐, 할 수 없지. 동정은 원래 그런 거야."

"그게 무슨 뜻이야? 그리고 너희들도 동정이거든."

내 태클에 아랑곳없이 두 사람은 어쩔 수 없다고 말하듯 어깨를 으쓱였다.

"잘 들어, 캇시의 고백을 오케이한 건 시라카와 루나식 농담이야."

"맞아. 그런 인싸 농담을 진지하게 받아들여서 아직도 사귀는 줄 알다니 애처로운 걸 넘어서 우스워, 캇시."

"에, 엥……?!"

매일 꼬박꼬박 라인 메시지도 오고, 토요일엔 데이트도 했는데. 나는 반박하고 싶었지만 두 사람이 내 말을 진지하게 들어줄 기미는

---

* CO : 커밍아웃의 약어. 인랑에서는 본인이 해당 직업이라고 선언하는 것을 말한다.

** 인랑(늑대인간) : 보드게임 타뷸라의 늑대를 바탕으로 한 다인용 게임으로 마피아 게임과 규칙이 유사하다.

없어 보였다.

“그런 바보 같은 꿈을 꿀 시간이 있거든 우리처럼 톱 키즈를 노리는 게 훨씬 건설적이지 않을까?”

“맞아. 살아 있는 여자는 금세 연락이 두절되지만 KEN은 우리들을 배반하지 않고 매일 새 영상을 올려 주잖아?”

그러는 너는 살아 있는 여자랑 진짜로 연락해 보고 그런 소릴 하는 거냐고 태클을 걸고 싶었지만, 지금은 내가 무슨 말을 해도 안쓰러워하는 시선만 쏟아질 것 같아 입을 다물 수밖에 없었다.

“……됐다, 말을 말아야지.”

나는 작게 혼잣말한 뒤 도시락을 먹는 데 집중했다.

힘들 때 의지가 되는 건 친구뿐이라지만, 이 녀석들은 교제한다는 사실조차 믿을 생각을 안 하니 의논할 수도 없었다.

◇

내가 왜 이렇게 갑자기 축구부를 신경 쓰며 시라카와와 교제 중이라는 사실을 오픈할까 고민하고 있냐면, 그것은 일요일에 있었던 작은 사건 때문이다.

일요일…… 즉, 데이트 다음 날에 시라카와는 언제나처럼 아침인사 메시지를 보내 왔다.

그에 답장을 보냈는데, 평소 때와는 달리 좀처럼 읽음 표시가 뜨지 않았다. 당연히 답장이 오는 일도 없이 몇 시간이 경과했다. 겨우 읽음 표시가 뜨고 그녀에게서 메시지가 온 것은 네 시간이 지난 뒤였다.

게다가 그녀는 그 동안 무슨 일이 있었는지 나중에도 아무런 말을 해주지 않았다. 나도 왠지 어색해서 차마 물어보지 못했다. 하지만 그 와중에도 그녀가 했던 말을 떠올리고 있었다.

—일요일은 약속이 있지만 토요일은 비어 있어.

데이트를 제안했을 때 시라카와는 분명 그렇게 말했다.

약속이라니……? 어떤 상황에서도 즉시 라인 답장을 보내던 시라카와가, 네 시간이나 답장을 하지 못한 '약속'이란 대체 뭐였을까?

한 번 신경이 쓰이기 시작하자 걷잡을 수 없었다.

◇

학교를 마치고 귀가한 뒤에도 나는 방 침대에 가로누워 그 생각을 하며 전전긍긍하고 있었다.

나는 백 보 양보해서 시라카와가 일요일에 남자 사람 친구와 같이 놀러 나갔다고 해도, 딱히 상관없었다. 솔직히 조금…… 아니, 많이 신경이 쓰이긴 했지만, 그래도 솔직히 털어놔 줬으면 했다.

그편이 지금처럼 어중간하게 숨기는 것보다는 훨씬 나았다. 그래도 그녀의 애인은, 1순위 남자는 일단…… 나니까.

"……또 이러네."

한심했다. 나는 여전히 스스로에게 자신이 없는 것이다.

그녀보다 내 쪽의 마음이 더 크다는 건 처음부터 알고 있었다. 시라카와는 내가 누군지도 몰랐고, 내가 고백하면서 '조금 좋아하게' 된 정도니까.

하지만 이렇게 '남자친구'로 삼아 줬다는 건 '이성 친구'들보다는 특별한 존재로 여기고 있다는 뜻일 텐데, 나는 그 사실을 아직도 실감하지 못하고 있었다.

그것도, 나 스스로에게 자신감이 없다는 이유만으로…….

"……아~ 답답해! 하지만 무늬만 남자친구인 내가 시라카와에게 '일요일에 뭘 했냐'고 묻기는 좀 그렇잖아?!"

그때였다.

베개맡에 놔둔 스마트폰이 진동했다. 화면을 확인하자 라인 팝업 창이 떠 있었다.

> ☆LUNA☆
> 지금 역으로 나와 줄 수 있어?

"엥?"

지금? 대체 무슨 일인가 싶어 가슴이 철렁 내려앉았다.

"역시 헤어지자고 말하려는 건 아니겠지……?"

◇

긴장하며 K역으로 가자 개찰구 안에 시라카와가 있었다. 그녀도 일단 집에 들렀다 왔는지 미니스커트에 어깨를 드러낸 상의를 입고 있었다.

나는 정기권을 찍고 안으로 들어가 그녀에게로 다가갔다.

"시라카와, 무슨 일로……."

"짜잔~!"

내가 말을 끝내기도 전에 시라카와가 내 눈앞에 대롱처럼 달랑거리는 뭔가를 내밀었다.

"어……?"

자세히 보니 그것은 스마트폰 케이스였다. 본 적 있는 캐릭터가 케이스 전면에 다닥다닥 인쇄돼 있다. 시라카와가 라인에서 자주 쓰던 이상한 얼굴을 한 토끼 캐릭터였다.

"아토 스마트폰 케이스! 하라주쿠 캐릭터 숍에서 영업 시작 시간부터 한정수량만 판매하는 거라 1인당 한 개로 제한까지 붙어 있었어."

"아토……?"

"몰라? '아재 토끼'. 완전 귀엽지 않아?"

"귀여워……?"

나는 고르●13 같은 얼굴의 토끼라고만 생각했는데…….

"뭐, 갖고 싶었던 거라니 살 수 있어서 다행이네."

"응! 자, 이거!"

시라카와는 그렇게 말하며 스마트폰 케이스를 불쑥 내 앞에 내밀었다.

"뭐야?"

"줄게. 이건 류토 거야."

"엥? 어째서……."

1인당 한 개씩 한정 판매하는 걸 일부러 사러 갔다며? 당황하는 내 앞에서 시라카와가 뭔가를 꺼내 보여 주었다.

"이것 봐, 세트지!"

그건 같은 케이스에 끼워져 있는 시라카와의 스마트폰이었다.

"니콜한테 부탁해서 같이 줄 섰어. 둘이서 아침부터 계속 게임을 했더니 가게 문이 열리기 전에 배터리가 나가 버려서, 집에 올 때까지 라인을 못 했어."

"아……."

그것이 일요일 얘기라는 걸 눈치 챈 나는 퍼뜩 정신을 차렸다.

시라카와는 그런 나를 보며 미소를 지었다.

"어차피 새로 살 거면 류토랑 세트로 갖고 싶었어. 그거 알아? 오늘이 우리가 사귄 지 일주일 된 기념일이야."

"아……."

그 말을 듣고 보니 확실히 고백한 게 딱 일주일 전이었다.

일주일을 '기념일'이라고 칭하는 감각은 나한테는 없었지만.

"고, 마워……."

감격에 머리가 아득해져서 고맙다는 말이 유창하게 입 밖으로 나오지 않았다.

방금 전까지 가슴속에 품고 있었던 답답함이 조금씩 걷혀 나가는 것이 느껴졌다.

"……야마나한테 신세를 졌네. 미리 말해 줬으면 내가 같이 줄 섰을 텐데."

"안 돼! 오늘 깜짝 선물을 하고 싶었단 말이야."

시라카와는 그렇게 말하며 웃었다.

"몰랐지? 서프라이즈 성공?"

기뻐하며 웃는 그녀의 얼굴을 보자 가슴속에서 사랑스러움이 솟구쳤다.

"응, 깜짝 놀랐어……."

충전이 바닥나서 연락이 끊기고 그 이유를 설명해 주지 않는 바람에 부자연스러운 점이 몇 군데 생겨서 걱정했지만.

시라카와의 해맑은 미소를 보고 있자니 불안하게 여길 일은 아무것도 없었다는 생각이 들었다.

일주일 전 그녀가 고백을 OK했을 때, 나는 놀리려고 받아 준 걸 수도 있다, 예전에 날 찼던 미소녀와 같은 행동을 할 수도 있다는 생각에 내심 경계하며 교제를 시작했다. 축구부 때문에 전전긍긍하고, 믿어 주지 않는 잇치와 닛시 앞에서 '우리 사귀는 사이가 맞다'고 주장하지 못했던 것도, 나 자신에게 그녀의 '남자친구'라는 확신이 없었기 때문이었다.

하지만 시라카와는 생각보다 나를 소중히 여겨 주고 있을지도 모른다.

—어차피 새로 살 거면 류토랑 세트로 갖고 싶었어.

그렇게 말하며 웃는 얼굴을 보자 처음으로 그런 생각이 들었다.

"……왜 그래, 류토?"

시라카와가 말을 거는 소리에 퍼뜩 정신을 차렸다. 감격한 나머지 그녀가 눈앞에 있는데도 그만 이런저런 생각에 잠기고 말았다.

"스마트폰 케이스가 별로였어? 이런 건 갖기 싫어?"

어두운 표정을 짓는 시라카와에게 나는 황급히 고개를 저어 보였다.

"아니, 기뻐서 그래. 고마워. 아껴 쓸게."

아토가 귀여운 게 맞는지는 제쳐두고라도 시라카와가 나와의 기념일(?)에 세트 선물을 줬다는 게 순수하게…… 최고로 기뻤다.

"정말? 다행이다!"

시라카와는 기쁘게 웃었다.

"그럼, 방금은 왜 생각에 잠겨 있었어?"

"어? 그건……."

방금 생각했던 내용 중에서 얘기할 만한 게 있는지 더듬어 보았다.

"……내가…… 예전에, 여자애한테 고백한 적이 있었거든……."

"헐, 그게 뭐야?! 언제?"

시라카와가 대번에 눈을 번쩍이며 화제를 집어 물었다. 아무래도 사랑 얘기에 관심이 많은 모양이다.

"중1 때였어."

"어떤 애였는데? 나랑 비슷했어?"

"아니, 그다지……. 검은 머리카락에 숫기 없는 아이였어."

"아~ 청순한 계열이었구나. 전혀 달랐겠네."

시라카와는 금세 납득했다.

"그래서, 그 애가 어쨌는데?"

"차였어. 나한테 이래저래 잘해 주기도 했고 호감이 있다는 식의 발언도 해서 난 틀림없이 그 애가 나한테 마음이 있는 줄 알았는데…… 내 착각이었더라고."

시라카와는 묵묵히 내 얘기를 들어 주었다.

"그 뒤로 계속 여자만 관련되면 자신감이 사라져. 원래도 그렇게 자신 있는 편은 아니지만……. 그래서 시라카와처럼 귀여운 여자애가 날 남자친구로 삼아 준 게 믿기지 않아서……."

시라카와는 뜻밖이라는 듯이 눈을 깜빡거렸다.

"헐, 그게 뭐야. 먼저 고백한 건 류토잖아?!"

"그렇긴 하지만…… 진짜로 사귈 수 있을 거라 생각하진 않았거든."

벌칙 게임 때문에 고백하게 됐다는 말은 실례인 것 같아서 하지 못했다.

"일주일이 지나도 여전히 믿을 수가 없었어……. 그래서, 시라카와가 날 위해서 이런 깜짝 선물을 준비해 준 게 정말 기뻐서."

"……그랬구나."

이야기를 끝낸 나를 물끄러미 쳐다보던 시라카와는 잠시 후 살며시 웃었다. 평소에는 성숙한 미인에 가까운 시라카와의 얼굴은 웃으면 소녀처럼 천진난만해졌는데, 그 점이 한층 귀여움을 부추겼다.

"류토가 전에도 여자애한테 고백한 적이 있었구나."

시라카와는 그렇게 말하며 슬쩍 짓궂게 웃어 보였다.

"내가 처음인 줄 알았는데."

"아냐, 그래봤자 흑역사니까, 정말로."

"뭐 그래도, 그 애 덕택에 우리 둘이 사귀게 된 거잖아. 그 애한테 감사해야겠다."

"어?"

무슨 뜻인가 싶어 쳐다본 내게, 시라카와가 미소를 지었다.

"그치만, 혹시라도 그 애가 OK해서 지금도 류토와 사귀고 있었다면 나한테 고백하는 일도 없었을 거잖아?"

"뭐, 그렇겠지……. 하지만 중1 때 연애를 시작했어도 그렇게 오래 가진 않았을걸."

"안 그래! 우리 아빠랑 엄마도 중1 때 사귀기 시작했단 말이야."

"헉, 진짜?!"

놀라는 내게 시라카와가 깊숙이 고개를 끄덕였다.

"둘 다 서로가 첫 남친이랑 첫 여친이었어. 고3 때 엄마 배 속에 언니가 생겨서, 졸업하자마자 바로 결혼했지."

"그랬구나……."

굉장하다……. 부모님 대부터 인싸였다니……. 그런데 언니도 있었구나. 미인이겠지.

"그래서 나도, 그렇게 될 줄 알았는데 말이야……."

시라카와가 불현듯 천장을 올려다보며 중얼거렸다.

퇴근이 한창인 시간대라 역사 내부는 승강장에서 올라온 인파들로 북적거리고 있었다. 다들 집을 향해 발길을 서두르며 개찰구를 빠져나간다. 우리는 그 어수선함 속에서 나란히 벽에 붙어 서 있었다. 내가 생각해도 이런 곳에서 용케 이렇게 오래 대화를 하고 있었다.

"엄마는 중1 때 아빠한테 고백 받았어. 사귄다는 게 뭔지도 잘 몰랐지만 남친이 생기는 게 기뻐서 OK했대. 그래서 나도 중1 여름방학 전에 고백 받았을 때, 이 사람이랑 결혼하는 걸까 생각했어."

"아하……."

"그래서 OK했는데 말이야……."

그 뒤의 전말은 아마 내가 짐작한 대로겠지.

"……."

시라카와의 예전 남자친구들을 생각하면 아직도 가슴이 술렁거렸다. 이건 내 문제다.

일주일이 지나 조금씩 시라카와와 사귄다는 걸 현실로 받아들일 수 있게 됐지만, '나로 괜찮은 걸까'란 의구심을 완전히 떨치긴 힘들었다.

정신 차리자. 시라카와가 지금 사귀고 있는 건…… 나니까.

"……감사해야겠네, 시라카와의 전 남친에게."

스스로를 북돋우려 그렇게 중얼거리자, 시라카와가 "앗." 하고 외

마디 소리를 지르며 나를 올려다보았다.

“그거, 내가 했던 말을 따라한 거잖아~!”

활짝 웃으며 태클을 거는 시라카와에게 나도 마주 웃어 주었다.

“멋진 말이다 싶어서.”

“정말~, 이럴 줄 알았으면 미리 특허라도 따 놓는 건데~.”

시라카와는 분해하는 척 농담을 했다.

방금 건 조금 빈말처럼 들린 것 같긴 하지만.

언젠가 정말로 아무런 복잡한 감정 없이 진심으로 시라카와의 예전 남자친구들에게 감사할 수 있는 날이 올 때까지는…… 이대로 놔두는 것도 나쁘지 않을 듯했다.

그때는 분명 내 마음도 시라카와에게 사랑받고 있다는 자신감으로 가득 차 있을 것이다. 당당하게 시라카와의 남자친구라고 말할 수도 있겠지.

그런 날이 오면 좋겠다고 생각했다.

“……뭐, 그래도.”

그때, 시라카와가 혼잣말하듯 불쑥 말을 꺼냈다.

“우리 아빠랑 엄마도 결국 헤어졌지만 말이야.”

“엇…… 그랬구나.”

시라카와의 가정환경에 대해서는 아직 모르는 게 많았다. 그야 일개 반 친구에게 할 만한 얘기는 아니니 당연하겠지만, 그런 류의 소문은 지나가는 말로도 들은 적이 없었다.

하지만…… 굳이, 한 차례 전환된 화제를 다시 가족 얘기로 돌렸다는 건.

내가 방금 시라카와의 전 남자친구들을 생각하며 침묵하는 동안, 시라카와는 자신의 현재 가족 사정을 나한테 밝혀야 할지 고민하고 있었다는 뜻이겠지.

그렇게 생각하자 그녀가 더욱 사랑스럽게 느껴졌다.

"그럼, 지금은 어머니랑?"

"아니. 아빠랑 할머니랑 셋이서 살고 있어. 언니는 재작년까지는 같이 살다가 지금은 남친이랑 동거 중이고."

"그렇구나."

친부모가 무난히 잘 지내며 동거하고 있는 평범한 핵가족 가정의 나는 이런 상황에서 뭐라고 말해야 좋을지 좀처럼 정답을 낼 수 없었다.

"뭐 그래도, 자매가 뿔뿔이 흩어지지 않은 건 다행이네."

그러자 시라카와의 안색이 변했다.

"어……?"

허를 찔린 표정으로 놀란 듯이 나를 바라본다.

"엥?"

덕분에 나도 덩달아 놀라고 말았다.

뭐 이상한 소리라도 했나? 비교적 무난한 대답이라고 생각했는데……. 그러자 시라카와는 바로 시선을 돌리더니 입가에 미소를 띠며 고개를 끄덕였다.

"아, 응. 뭐, 그렇지……."

"……?"

뭐지. 무슨 뜻이지?

이때 느낀 위화감의 원인은 그래도 비교적 멀지 않은 훗날에 밝혀졌던 것이었다.

◇

이리하여 그날부터 시라카와와 같은 스마트폰 케이스를 갖게 된 나는, 교내에서 스마트폰을 꺼내기 힘든 학교생활을 시작하게 되었다.

그리고 그런 나에게 더욱 터무니없는 일이 벌어졌다.

"오늘부터 이 반에 새로 친구가 합류하게 됐습니다."

어느 날 아침, 담임이 조례시간에 꺼낸 한 마디에 교실 안이 술렁거렸다.

"진짜?! 전학생이라고?!"

"남자? 여자? 어느 쪽이지?!"

담임은 그에 대답하는 대신 교실 문을 열고는 복도를 향해 손짓했다.

학생들은 이윽고 나타난 인영에 순간 숨을 멈췄다.

엄청난 미소녀였다.

눈물샘이 볼록 튀어나와 물기가 어린 것처럼 보이는 커다란 눈,

둥그스름한 장밋빛 뺨, 꼬리가 올라간 모양 좋은 입술…… 그 빈틈없이 귀여운 이목구비를 검고 곧은 세미 롱 헤어가 매끄럽게 반짝이며 강조해 주었다.

키는 작고, 몸매도 여리하다. 전신에서 남자가 지켜 주고 싶게 만드는 오라를 내뿜고 있었다.

"대박……."

"일반인 맞아? 사카미치 그룹*에 있을 것 같은데."

"너무 귀엽잖아."

반 아이들이 술렁거렸지만, 나는 또 다른 이유로 놀라고 있었다.

"쿠로세…… 마리아……."

담임이 칠판에 쓴 이름을, 그 사실을 확인하듯 속으로 중얼거렸다.

나는 그녀를 알고 있었다.

왜냐하면.

—미안해. 난, 그럴 생각이 아니었어…….

당혹스러워하는 목소리가 여전히 귓속에 달라붙어 떨어지지 않았다.

—카시마는 좋은 친구라고 생각하지만…….

틀림없었다.

전학생은 중1 때 나를 찬 미소녀…… 쿠로세 마리아였다.

"쿠로세는 3년 전에 이 동네를 떠났다가, 집안 사정으로 다시 돌

* 사카미치 그룹 : 프로듀서 아키모토 야스시 산하의 여자 아이돌 그룹 노기자카46, 사쿠라자카46, 히나타자카46, 요시모토자카46을 묶어 말한다.

쿠로세 마리아

아와서 우리 학교를 다니게 됐어. 다들 사이좋게 지내 주렴."

"당연하죠!"

담임의 말에 까불거리는 인싸 남학생이 사납게 콧김을 뿜으며 손을 들었다.

그 녀석뿐만이 아니었다. 반 안의 남학생 모두가 그녀와 얘기하고 싶어 안달하는 기색이 느껴졌다.

단 한 사람, 나를 제외하고.

"쿠로세, 인사하렴."

담임의 말에 쿠로세는 '네'라고 대답하며 입을 열었다.

"3년 만에 이 동네로 돌아오게 됐어요. 이 학교에 대해서는 아직 잘 모르니까, 다들 많이 가르쳐 주세요."

"네!"

방금 전의 까불이를 포함한 몇몇 사내놈들이 손을 들었다.

"고맙습니다. 잘 부탁드려요."

쿠로세는 살짝 말을 더듬거리며 교실 전체를 둘러보다…… 나와 눈이 마주쳤다.

"……."

입을 살짝 벌린 그녀의 얼굴에서 순간 표정이 사라졌다.

바로 시선을 돌리며 고개를 숙이긴 했지만 아무래도 나를 알아본 눈치였다.

어색해 죽을 것 같다.

예전에 내 고백을 퇴짜 놓은 상대가 같은 반으로 전학을 올 줄이야. 심지어 그녀는 쌍방이 틀림없다고 확신한 내가 한껏 들떠서 한 고백을 결과적으로 처참하게 찬 사람이었다.

뭐, 지금의 나에게는 시라카와라는 과분할 만큼 멋진 여자친구가 있었기에, 트라우마도 예전에 비하면 어느 정도 나아지긴 했다.

쿠로세에게도 나와 있었던 일은 굳이 떠올릴 필요도 없는 과거일 테니, 최대한 얽히지 않게 조심해야겠다고 생각했다.

그랬는데.

"쿠로세 자리는 여기로 해도 되겠지? 학급 생활에 적응할 때까지는 선생님한테 질문하기 쉬운 자리가 나을 테니까."

담임의 재량으로 쿠로세의 자리는 교탁 앞으로 선정되었고, 내 옆 줄에 앉았던 학생들이 한 자리씩 뒤로 밀려났다.

즉…… 쿠로세의 자리가 내 옆이 되었다는 뜻이다.

"잘 부탁해."

자리에 앉은 쿠로세는 우선 나와 반대편 옆자리에 있던 남학생에게 말을 걸었다.

"아, 아아…… 잘 부탁해."

남학생은 살며시 얼굴을 붉히며 몽롱한 눈동자로 쿠로세를 바라보았다.

그의 기분은 이해가 간다. 어쨌든 그녀는 아이돌 뺨치는 얼굴의 미소녀였으니까. 나도 과거에 겪었던 일이 없었다면 같은 반응을 했겠지.

그에게 인사를 마친 쿠로세는 뒤이어 내쪽으로 고개를 돌렸다.

왔다…….

속으로 각오를 다지며 고개를 숙인 채 모르는 척했다.

쿠로세는 나를 물끄러미 쳐다보며 몇 초 간 입을 다물고 있었다. 눈으로 확인하지는 않았지만 그런 기척이 났다.

"저기…… 카시마, 맞지?"

그래서 나는 하는 수없이 얼굴을 들어 그녀를 보았다.

와, 역시 엄청 귀엽네……. 물론 지금의 나는 시라카와에게 일편단심이지만.

"으…… 응."

무시할 수도 없었기에 일단 고개를 끄덕였다.

그러자 쿠로세는 방긋 웃었다. 이주 전의 나였다면 순식간에 도로 사랑에 빠졌을 사랑스럽기 그지없는 살인미소였다.

"또 옆자리가 되다니, 이런 우연도 다 있네. 잘 부탁해."

"응……, 잘 부탁해."

나는 이번에도 짧게 대꾸하며 다시 고개를 숙였다.

쿠로세가 정면으로 고개를 돌리자 바로 뒷자리 여학생이 그녀의 등을 쿡 찌르며 무어라 말을 걸었다.

"……응, 맞아. 같은 중학교를 다녔거든."

아무래도 나에 대해 질문을 받은 모양이었다.

내 판단은 틀리지 않았다. 다들 이 미소녀 전학생과 가까워지고 싶어 하고 있다. 어떠한 화제를 계기로 내 과거의 고백이 폭로될지 알 수 없었다.

쿠로세와는 최대한 거리를 두는 게 나을 듯했다.

하지만 쿠로세는 그 뒤로도 이따금 내게 말을 걸어 왔다.

"카시마, 좋은 아침."

매일 아침마다 웃으며 인사해 준다. 가끔은 슬쩍 팔을 건드리거나 보디터치를 하며 인사하곤 했다.

그리고 어떤 날은.

"카시마, 이거 괜찮으면 먹어. 어제 만든 거야."

그렇게 말하며 플라스틱 용기에 담아온 쿠키를 한 개 나눠 주기도 했다.

그러다 "미안한데, 교과서를 깜빡하고 안 가져왔어. 좀 같이 봐도 될까?"라고 말해서 책상을 붙이고 교과서를 함께 본 어느 날 수학시간의 일이었다.

"……있잖아, 카시마."

선생이 교무실에 교재를 가지러 가는 바람에 시끄러워지기 시작한 교실 안에서 쿠로세는 나에게 몸을 붙여 왔다. 비누 향처럼 은은한 향기가 콧속을 간질였다.

"왜, 왜?"

가슴을 철렁이며 묻자, 쿠로세는 살짝 미안해하는 얼굴로 속삭였다.

"그때는 미안했어."

"엇……."

내 고백을 거절했을 때를 말하는 걸까. 그렇게 생각하며 쳐다보는데, 그녀가 곧바로 입을 열었다.

"카시마는 싫지 않았어. 하지만 그때는 아직 연애 같은 건 잘 몰라서……."

그녀는 그렇게 말하며 내 옆으로 더욱 다가와 속삭였다.

"그런데 지금은 좀 알 것 같기도 해. 카시마의 좋은 점이 뭔지."

"어……?"

나는 놀라 무심코 뒤로 몸을 젖히듯 그녀에게서 멀어졌다.

무슨 뜻이지?

설마 싶긴 하지만, 쿠로세가 날 좋아하나……?

아니, 진정하고 잠깐만. 곰곰이 생각해 보자고.

쿠로세는 '지금은 카시마의 좋은 점이 뭔지 좀 알 것 같기도 하다'라고 말했고, 심지어 이 문장에는 '같기도'라는 보험까지 덧붙었다. 여기서 말귀를 잘못 알아들었다간 또 중1 때의 전철을 밟을 것이 분명했다.

게다가 착각이고 나발이고 지금 나에게는 시라카와가 있다. 여기서 흔들릴 필요가 없었다.

쿠로세는 촉촉한 눈망울로 나를 바라보고 있었다. 아마도 화장을 하지 않은 맨 얼굴이겠지. 나는 번뇌를 끊기 위해 되도록 무표정하게 입을 열었다.

"고마워. 그런데 나, 여친이 있어."

그 순간, 쿠로세의 커다란 검은 눈동자에서 광채가 사라지더니 표정이 얼어붙었다.

하지만 그녀는 이내 미소를 되찾고는, 상체를 앞으로 기울이며 내게 물었다.

"엇, 그랬어? 누군데? 이 학교 사람이야?"

"어 음, 뭐, 그건……."

나는 시선을 돌리며 뭐라고 대답해야 할지 머리를 쥐어짰다. 설마 그것까지 물어볼 줄은 몰랐다.

"왜, 뭐 어때. 아무한테도 말 안 할 테니까 가르쳐 줘!"

"……."

확실히 쿠로세는 막 전학 온 참이라 아직 친한 친구도 만들지 못했고, 얘기할 사람도 없어 보였다.

여기서 내 여자친구가 초절정 미소녀 갸루 시라카와라는 걸 알게 되면, 눈치를 봐서라도 말을 걸지 않게 될 가능성도 있었다.

이참에 쿠로세한테만 털어놓을까? 그렇게 마음이 움직인 순간.

"미안, 많이 기다렸지."

수학 선생이 돌아왔고, 잡담은 거기서 중단되었다.

그렇게 쉬는 시간이 됐고.

나는 옆자리에서 쿠로세의 시선을 느끼고 있었다.

혹시라도 캐물으면 그냥 말해 버릴까?

그런 생각을 했을 때,

"저기, 네가 카시마 류토야?"

위압감이 느껴지는 여자아이의 목소리에 낯선 목소리인데도 몸이 움찔거렸다.

뒤를 돌아보자 내 자리의 비스듬히 뒤쪽에 한 여자애가 우뚝 서 있었다.

"그, 그런데 왜……."

그녀가 누군지는 이미 알고 있었다.

그랬다. 그녀는 바로 시라카와의 친구인 진한 화장의 갸루 '니콜', 즉 야마나 니코루였다.

"잠깐 할 얘기가 있어서."

"어……?!"

얘가 나한테 대체 무슨 용건이지……?

◇

그날 방과후.

나는 역 앞 패스트푸드점에서 야마나 니코루와 마주 앉아 셰이크를 마시고 있었다.

야마나는 아까부터 말없이 감자튀김을 먹으며 나를 뚫어져라 쳐다보고 있다.

시라카와보다 더 금발에 가까운 갈색 머리에 깊게 파인 가슴팍의 목걸이, 피어스를 단 귀, 화려한 네일까지, 패션만 보면 누가 봐도 갸루인 그녀는 날카로운 눈초리 탓에 어딘지 모르게 일진 같은 포스가 감돌았다. 일대일로 불러낸 것도 혹시 맞짱이라도 뜨려는 건가 싶어 주눅이 들 정도였다.

한참을 기다렸지만 그녀는 아무런 말도 하지 않았다. 나는 살벌한 분위기를 참지 못하고 결국 먼저 입을 열었다.

"……저, 저기, 죄송한데요……. 제가, 혹시 뭘 잘못했나요……?"

동급생이란 걸 아는데도 반사적으로 존댓말이 튀어나왔다.

그러자 야마나는 눈썹을 찌푸리며 나를 노려보았다.

"뭐?"

그 서슬에 몸이 다 떨렸다. 가방을 품에 안고 자리를 뜨고 싶은 충동이 솟구쳤다.

하지만 야마나는 그런 나에게 말했다.

"말해 두지만, 딱히 너한테 화를 내고 있는 건 아냐. 눈초리가 사나운 건 원래부터 이랬고."

"어……."

그 말을 듣고 보니 눈초리는 비록 날카롭지만 표정은 딱히 험악하지 않았다.

"감자튀김은 식으면 맛이 없어서. 먹고 나서 얘기 좀 해도 될까?"

"어, 네……."

그래서 나도 셰이크를 홀짝거리며 (셰이크는 감자튀김과는 반대로 방치가 필요할 만큼 꽉 얼어 있어서 아직은 마실 만한 게 거의 없었다) 야마나가 감자튀김을 다 먹기를 기다렸다.

그리고 마침내 감자튀김 용기가 텅 비자 야마나는 종이 냅킨으로 손끝을 닦고는 다시금 나를 쳐다보았다.

"있잖아. 다음 주 일요일이 루나 생일인 거 알고 있어?"

그 한 마디에 나는 급 말문이 막혔다.

"헉……."

"진짜? 역시 몰랐구나."

야마나는 살짝 한심해하는 얼굴로 나를 바라보았다.

"생일 같은 건 보통 사귀자마자 제일 먼저 물어보고 그러지 않나? 뭐, 너라면 물어보지 않았을 수도 있겠다고 생각했지만."

"어? 그게 무슨……."

내가 묻자 야마나는 나를 힐끗 곁눈질했다. 역시나 화를 내는 기색은 없었지만, 그 날카로운 시선은 그저 받기만 해도 주눅이 들었다.

"넌 딱 봐도 눈치가 없어 뵈잖아."

"……."

"아, 딱히 디스하는 건 아니니까. 대신 눈치가 빠른 남자애들은 바람을 잘 피우더라고."

그 말은 그러니까, 야마나가 나를 '바람 피지 않는 남자'로 평가하고 있다는 뜻이려나? 그런 의미라면, 뭐, 기분이 나쁘진 않군…….

"알겠지? 루나 생일에 뭐라도 축하해 주라고."

"앗, 네……."

"아무튼, 그렇다고. 이 얘기는 루나가 없는 데서 하고 싶었어."

그렇게 말하며 본인의 쟁반을 들고 자리에서 일어서는 야마나에게 나는 황급히 말을 걸었다.

"저, 저기!"

야마나는 쟁반을 손에 쥐고 선 채 나를 쳐다보았다.

"왜?"

나는 날카로운 시선에 주뼛거리면서도 말을 이었다.

"시라카와가 좋아하는 게 뭔지 알 수 있을까요? 생일에 주고 싶어서."

그러자 야마나는 살짝 눈살을 찌푸렸다.

"그건 직접 물어보지 그래? 남친이니까 그 편이 빠르지 않겠어?"

"그렇긴 하지만……."

나는 고개를 숙인 채 테이블 위에 올려놓은 내 스마트폰(아토 케이스를 부착한)을 응시했다.

"……이 스마트폰 케이스, 시라카와가 준 거예요."

"알아. 같이 갔었으니까."

야마나가 퉁명스레 대꾸해서 나는 더 깊이 고개를 숙였다.

"사귄 지 일주일 된 기념으로 깜짝 선물을 주려고, 시라카와는 당일까지 저한테 한마디도 안 했어요. 그러니까 이번엔 제가 깜짝 선물을 해주고 싶어요."

그 말을 들은 야마나는 걱정스러운 시선으로 나를 보았다.

"그게 되겠어? 넌 그런 거 되게 못하게 생겼는데. 무리하지 말고 평범하게 축하해 줘도 루나는 기뻐할 거야."

"될지 안 될지는 모르지만, 그래도 해보고 싶어서요. 솔직히 시라카와는 늘 남자친구를 기쁘게 해주는 게 최우선인 아이잖아요."

사귄 첫날에 섹스를 하자고 했을 때부터, 시라카와는 일관되게 그랬다.

"그러니 스마트폰 케이스 깜짝 선물도, 어떻게 하면 제가 기뻐할까 고민한 결과겠죠……. 그리고 그런 결론을 내린 건 시라카와 본인이 깜짝 이벤트에 기뻐하는 타입이라서일 테고요."

그 말을 들은 야마나의 표정이 누그러졌다. 그 대신 탐색하는 듯한 시선으로 나를 쳐다본다.

"……루나 말이 맞았네. 너, 좀 별난 것 같아. 그냥 맹한 남자인가 했더니 제법 그럴듯한 말을 하잖아."

칭찬하는 건지 헐뜯는 건지 헷갈렸지만 야마나는 살짝 입꼬리를 올리며 미소 짓는 것처럼 보였다.

"알았어."

야마나는 그렇게 말하더니 테이블에 쟁반을 내려놓으며 다시 자리에 앉았다.

"루나에 대해서 가르쳐 줄게. 그러니까 반드시 기쁘게 해 줘."

"네, 네!"

이리하여 나는 야마나와 비밀 회동을 갖고, 시라카와가 좋아하는 것 강의를 들었던 것이었다.

◇

그 다음날의 일이었다.

아침에 학교에 가려고 집을 나서자 K역 개찰구에 시라카와가 서 있었다.

“안녕, 류토.”

“헉?! 안녕…… 그런데, 웬일이야……?”

시라카와는 인사를 건성으로 받으며 자기 스마트폰을 나에게 보여 주었다.

“이거 진짜야?”

그것은 라인의 단체 톡방 화면이었다.

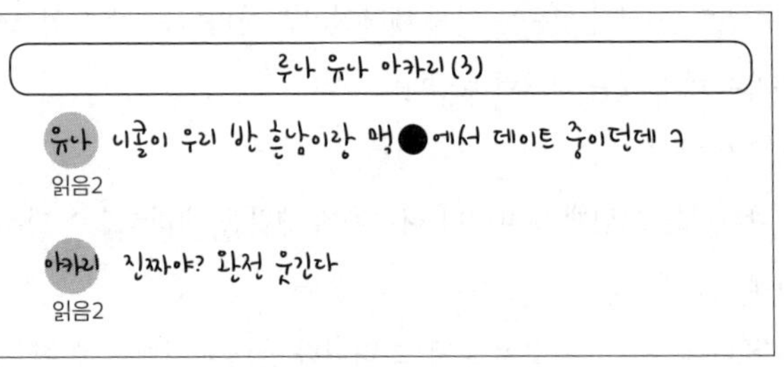

그 뒤에 ‘유나’가 업로드 해 놓은 사진을 보며, 나는 작게 “앗.” 소리를 냈다.

거기에 찍힌 건 어제 패스트푸드점에서 얘기를 나누던 나와 야마나의 뒷모습이었다.

“니콜이랑 만났어?”

"아, 응……."

야마나는 그래도 시라카와에게는 비밀로 해 준 모양이다.

"……시라카와, 다음 주 일요일에 시간 돼?"

"엥? 그건 왜?"

시라카와는 당황했다.

"아니, 그게 중요한 게 아니잖아. 대답해. 니콜이랑 무슨 얘길 하고 있었어?"

시라카와는 초조한 표정을 지었다.

"아니, 그러니까 내 말은, 다음 주 일요일에 시간 되냐고."

나도 얘기를 진행시키려고 필사적이었다.

"어, 일요일? 아직 약속은 없는데, 왜?"

"그럼, 내가 생일 축하를 해 줘도 돼?"

그 말에 시라카와는 눈을 휘둥그레 떴다.

"야마나가 가르쳐 줬거든. 시라카와 생일."

시라카와는 입을 떡 벌리더니 잠시 말이 없었다. 그 얼굴이 점점 환하게 밝아졌다.

"그래서였구나!"

방금 전까지 초조해하던 기색이 온데간데없이 사라졌다.

"뭐야. 그럼 좀 더 빨리 말해 주지 그랬어."

"아, 미안……. 생일 얘길 하려면 먼저 데이트부터 신청해야 할 것 같아서."

머릿속에 정해놓은 순서대로 진행되지 않으면 얘기를 하지 못하는 내향적인 나의 나쁜 버릇이 나오고 말았다.

"음, 뭐, 상관은 없는데."

시라카와는 완전히 원래 기운을 되찾은 얼굴이었다.

그런 그녀에게 나는 뒤늦게 고개를 숙였다.

"내가 정신이 없어서…… 시라카와한테 생일도 안 물어봐서 미안했어."

"아냐, 나야말로 여기서 죽치고 있어서 미안했어."

시라카와는 그렇게 말하고는 학교 가방을 고쳐 매고는 에스컬레이터 쪽으로 발길을 돌렸다.

"그럼, 난 먼저 학교에 가볼게. 같이 있는 모습을 들키면 곤란하지?"

"아…… 응, 고마워."

황급히 감사인사를 하는 나에게 작게 손을 흔들며 시라카와는 역 구내를 가득 메운 인파 속으로 사라져 갔다.

"……시라카와는 대체 왜 온 거지?"

혼자 남은 나는 승강장으로 향하며 생각에 잠겼다.

나에게 라인 화면을 보여 주던 시라카와의 얼굴을 떠올렸다.

내가 화제를 돌린 줄 알고 조바심 내던 얼굴도.

평상시의 그녀답지 않은 표정이었다. 화를 내고 있는 것…… 같진 않았지만, 뭔가 석연치 않은 것을 속에 품고 있는 얼굴이었다.

—니콜이랑 만났어?

—아니, 그게 중요한 게 아니잖아. 대답해. 니콜이랑 무슨 얘길 하

고 있었어?

설마…… 질투한 건가?

"……설마, 말도 안 돼."

시라카와가 나 때문에 질투를 할 리가 없지. 그야, 언젠가는 질투할 만큼 좋아해 준다면 좋겠지만.

조급해 하지 말고, 차근차근. 시라카와와 친밀한 관계를 쌓아 나가는 거다.

그러기 위해서라도 다음 주 생일 데이트 때 시라카와를 기쁘게 해 주고 싶었다. 남은 일주일 동안 완벽한 데이트 플랜을 짜야겠다.

나는 몰래 의욕을 불태우며, 인파에 섞여 승강장에 멈춰 서 있던 전철에 탑승했다.

◇

그리고 시라카와의 생일 당일이 되었다.

오늘을 위해 일주일 동안 할 수 있는 건 다 했다.

야마나에게 들은 시라카와가 좋아하는 것을 참고로 방과 후 하루가 멀다 하고 혼자 시내를 돌아다니며 실제로 답사해 보고 데이트 준비를 했다.

어젯밤 자정에 딱 맞춰 라인으로 축하한다는 메시지도 보냈다.

첫 데이트 때는 시라카와에게 장소 선정을 맡겼기에 내가 에스코트하는 데이트는 이번이 처음이었다.

"안녕, 류토!"

시라카와랑은 A역 구내에서 만나기로 했다. 혹시라도 간밤에 야마나와 늦게까지 통화를 하더라도 잠이 모자라지 않도록 약속시간은 11시로 잡았다.

오늘도 시라카와는 귀여웠다. 타이트한 미니기장의 핑크색 원피스는 목까지 올라오는 하이넥인데도 가슴팍이 마름모꼴로 뚫려 있어 가슴골이 보이는 공격적인 디자인이었고, 통굽 샌들과 은색 핸드백에서도 진한 갸루 느낌이 났다.

"오늘은 어디로 갈 거야?"

승강장에서 이동하며 시라카와가 물었다.

"음, 하라주쿠에 갈까 싶은데, 어때?"

그 말에 시라카와는 눈을 빛냈다.

"정말?! 완전 가고 싶지! 하라주쿠 엄청 좋아해~!"

기뻐하는 시라카와를 보며 나는 야마나에게 들은 얘기를 회상했다.

—루나 하면 하라주쿠거든. 어디로 갈지 고민되면 일단 하라주쿠나 시부야로 데려가면 좋아서 방방거릴 거야.

나는 벌써부터 이 데이트에 보람을 느끼기 시작했다.

하라주쿠에 도착한 나는 먼저 한 가게로 향했다.

그곳은 젊은이들로 넘쳐나는 타케시타 거리에서 한 블록 들어간 뒷골목에 있는 작은 규모의 카페였다.

"자, 마셔."

가게 밖에서 테이크 아웃해 시라카와에게 건네준 것은 간판 메뉴인 타피오카 펄이 들어간 버블 밀크티였다.

"고마워! ……음~ 맛있어!"

한 모금 마신 시라카와는 눈을 반짝였다.

—루나는 버블 밀크티를 엄청 좋아해. 버블 밀크티라면 몇 잔이든 마실 수 있다나. 뭐, 우린 돈이 없어서 늘 한 잔밖에 못 마시지만.

"역시 버블티가 최고야! 고마워, 류토!"

야마나가 말한 대로 시라카와는 매우 기뻐하고 있었다.

"얼마였어? 내가 마신 거, 돈 낼게."

자기 가방에서 지갑을 꺼내려는 그녀를 나는 손짓으로 제지했다.

"앗, 아냐, 괜찮아. 내가 낼게."

"엇, 그치만."

"오늘은 생일이니까…… 축하 의미로."

내 말에 그녀는 미간에 주름을 잡으며 잠시 고민하는 표정을 지은 뒤.

"……그럼, 잘 마실게! 고마워, 류토."

기쁜 듯이 미소를 지으며 그렇게 감사를 표했다.

그런 그녀를 보며 나는 내 숄더백에서 종이 한 장을 꺼냈다.

"응? 그건 뭐야?"

"시라카와, 방금 마신 버블 밀크티, 어땠어?"

"어땠냐니, 맛있었는데?"

나는 거기서 종이를 펼쳤다.

그것은 하라주쿠의 지도를 프린트한 것이었다. 그 속에서 버블티를 파는 가게만 뽑아 빨간 동그라미로 체크해 놓고, 여백에는 실제로 가서 마셔본 후기와 맛 분석을 기입해 두었다. 스마트폰으로 해도 됐지만 종이에 하는 게 훨씬 자유 연구를 하는 것 같은 뿌듯함이 있었다.

"헐, 이게 뭐야? 대박!"

시라카와는 내 피와 땀의 결정체를 들여다보며 놀라고 있었다.

일주일 동안 나는 셀 수 없이 많은 버블티를 마셨다. 하라주쿠로 가는 정기권 구간 외 교통비와 음료수 값으로 세뱃돈을 제법 많이 썼다. 그리고 남은 돈은 오늘을 위해 가져 왔다.

"방금 마신 버블 밀크티는 우유 맛이 진하지만 홍차 향도 제대로 나더라고. 타피오카 크기랑 쫀득한 식감도 딱 알맞고, 종합적으로 평가했을 때 제일 밸런스가 좋았어. 그래서 제일 먼저 마시게 데려온 거야."

일주일 동안 노력한 성과를 얼른 자랑하고 싶어서 그만 말이 급해졌다. 기분 나쁜 오타쿠처럼 보일 테니 자제해야 한다는 생각을 하지 않은 건 아니지만, 그만해야 한다고 생각할수록 말의 스피드가 점점 빨라졌다.

"여기를 기준으로 전체적으로 더 달콤한 게 취향이면 '타피오카 몬스터'를 추천해. 홍차 맛을 살린 산뜻한 밀크티가 취향이면 '홍차루'도 좋고, 쫀득한 식감이 강한 타피오카 펄을 선호하면 여기서 좀 더 걸어야 하지만 'PRUPRU'에 가 봐도 좋지. 딱히 밀크티에 집착하는 게 아니면 '타이거 카페'의 흑당 밀크도 맛이 진해서 괜찮아."

큰일이다. 아싸 오타쿠의 이상한 스위치가 켜지고 말았다. 스스로 생각해도 기분이 나빠서 멈추고 싶은데, 기왕 여기까지 온 거 내가 아는 지식을 몽땅 털어놓고 싶다는 충동을 참을 수가 없었다.

"원점으로 돌아가서 생각해 보면, 타피오카 펄과 제일 잘 어울리는 음료수가 꼭 밀크티라고 할 수 있을까? 타피오카 펄은 원래 맛이 없으니까 흑당에 절여서 간을 입혀도 중심까지 맛을 배게 하긴 힘들잖아? 게다가 쫄깃해서 여러 번 씹어야 하고. 즉, 입안에서 맛이 느껴지지 않게 되는 구간이 반드시 있지. 그걸 보완하기 위해서 밀크티라는 액체와 함께 빨아들이는 형태가 됐겠지만 밀크티로는 한계가 있다고 봐. 그도 그럴 것이 밀크티는 그 자체로도 맛있게 먹을 수 있는 완성형 음료수잖아? 살짝 달게 하거나 우유 맛을 진하게 낼 수는 있어도 원래 형태를 완전히 벗어날 수는 없지. 어디까지나 '밀크티로만 마셔도 맛있는' 범위에 머물러 있다는 말이야. 그도 그럴 게 '밀크티'니까. '밀크티'란 이름이 붙은 이상 '밀크티'로서의 프라이드가 있거든. 하지만 타피오카 펄과 정말 잘 어울리는 음료수는 솔직히 좀 더 혀에 착 감기듯이 끈끈한 식감에 달착지근한 거여야 한다고 생각해. 그런 의미에서는 1990년대에 유행했던 타피오카 펄이 들어간 코코넛밀크가 훨씬 디저트로서 완성도가 높다고 봐. 나도 이번에 알고는 슈퍼에서 찾아서 먹어 봤는데 그건 코코넛밀크가 진하고 달달한 데다 타피오카 펄 크기도 작아서 훌륭한 액센트로 기능하

고, 종합적으로
제일 밸런스가 좋았어. 그래서 제일 먼저 마시게 데려온 거야. 여기를 기준
취향이면 '타피오카 몬스터'를 추천해. 홍차 맛을 살린 산뜻한 밀크
도 좋고, 쫀득한 식감이 강한 타피오카 펄을 선호하면 여기서 좀
RUPRU'에 가 봐도 좋지. 딱히 밀크티에 집착하는 게 아니면 '타
밀크도 맛이 진해서 괜찮아. 원점으로 돌아가서 생각해 보면
제일 잘 어울리는 음료수가 꼭 밀크티라고 할 수 있을
원래 맛이 없으니까 흑당에 절여서 간을 입혀도 중
하긴 힘들잖아? 게다가 쫄깃해서 여러 번 씹어야 하고,
않게 되는 구간이 반드시 있지. 그걸 보완하기 위
형태가 됐겠지만, 밀크티로는 한계가
그 자체로도 맛있게 먹을 수 있는 완성형 음
맛을 진하게 낼 수는 있어도 원래 형태를
'밀크티로만 마셔도 맛있는' 범위에
이야. 그도 그럴 게 '밀크티'니까. '밀크티란
'밀크티'로서의 프라이드가 있거든. 하지
정말 잘 어울리는 음료수는, 솔직히 좀 더
달착지근한 거여
의미에서는 1990
행했던 타피
디저트로서 완성도
도 이번에 알고는 슈퍼
봤는데, 그건 코코넛
데다 타피오카
삭아서 훌륭한 액센트
수프 위에
비슷한
그것도

고 있더라고. 수프 위에 얹은 크루통과 비슷한 역할이랄까. 그것도 맛은 거의 없지만 수프의 균일한 맛에 질릴 때쯤 먹으면 짠맛을 중화시켜 주고 식감도 있어서 재밌잖아? 그에 비하면 거의 대부분의 버블 밀크티 속 타피오카와 밀크티는 아주 잘 맞는 파트너라고 보기는 힘들어. 나는 요즘 유행하는 버블 음료수들 중에서는 흑당 밀크가 제일 맛있다고 생각해. 신선한 우유에 끈적끈적하게 녹은 흑당 시럽이 섞여서 혀가 아릴 만큼 달지만 흑당에 절인 타피오카 펄이 씹는 동안 무맛이 되는 걸 감안하면 이 정도가 딱 적당한 것 같아. 개인적으로는 이번에 제일 추천하는 메뉴야."

손에 들고 있던 내 몫의 버블 밀크티 컵을 보며 막힘없이 말을 이어가던 나는 거기까지 말하고서야 정신을 차렸다. 시선을 들자 입을 떡 벌린 시라카와가 보였다.

"아……."

사고를 쳤다.

어떡하지. ……이건 단순히 기분이 나쁜 걸 넘어서, 지구 내핵까지 뒷걸음질 칠 수준인데…….

그렇게 생각하며 시퍼렇게 질려 있자 시라카와는 억지로 입꼬리를 끌어올려 미소 짓더니 입을 열었다.

"괴…… 굉장하다, 류토. 그렇게 버블티를 좋아했어?"

"어? 으, 응…… 아, 아니."

굳이 거짓말로 둘러댈 일도 아니라고 생각했기에 솔직히 대답했다.

“시라카와가 버블티를 좋아한다고 하길래…… 오늘을 위해서 공부했어. 이 주변엔 버블 밀크티를 파는 가게가 엄청 많으니까. 좋아할 만한 가게로 데려가 주고 싶어서…….”

“엇, 그럼 날 위해서 공부한 거네?”

그렇게 말한 시라카와의 눈동자가 순간이지만 반짝 빛난 것 같은 기분이 들었다.

“으, 응……. 그래도 너무 과했지…….”

“내 말이!”

나는 그 말에 가슴이 철렁거렸다. 하지만 정작 내 눈에 들어온 시라카와의 얼굴은 웃고 있었다.

“진짜 웃겨. 완전 버블티 평론가가 다 됐잖아! 보통은 그렇게까지 안 하거든?”

시라카와는 지도와 내 얼굴을 번갈아보더니 소리 내 웃었다.

“하, 하지만 표시해 둔 가게를 다 돌아보지는 못했어. 리뷰랑 블로그 후기를 참고한 곳도 있고.”

“그래도 고생했을 거 아냐. 굳이 그렇게까지 해줄 필요는 없었는데.”

아직 웃음기가 남은 얼굴로 그렇게 묻는 그녀를 보며 나도 웃었다.

“그, 그렇긴 하지. 나도 그렇게 생각하긴…… 했지만.”

이렇게까지 한 건 좀 더 순수한 동기가 있었기 때문이다.

“……시라카와가 좋아하는 걸, 나도 하나 정도는, 제대로 좋아하게 돼 보고 싶었어."

조금 의욕이 지나치긴 했지만 말이다……. 나는 속으로 반성하며 고개를 숙였다.

그러다 잠시 후, 아무런 반응이 돌아오지 않자 신경이 쓰여 고개를 들었다. 그리고는 아차 했다.

시라카와는 입을 살짝 벌린 채 나를 보며 굳어 있었다. 그 표정은 어이가 없어서 아연실색한 것 같기도 했고, 뭔가에 놀란 것처럼도 보였다.

어떡하지……. 내 누가 봐도 동정 같은 기분 나쁜 대사에 짜게 식은 걸지도 모른다.

그렇게 부담스러운 발언이었나……. 지금이라도 농담이라고 둘러대는 편이 나으려나?

그렇게 생각하며 벌렁거리는 가슴으로 상황을 지켜보는데, 잠시 후 시라카와의 표정이 달라졌다.

뺨이 붉어지고 입매가 기뻐하는 것처럼 헤 벌어진 것이다.

"어……?"

정색했던 게 아니었나?

내가 더욱 동요하는데, 시라카와가 활짝 웃으며 입을 열었다.

"진짜? 그런 말을 들어본 건…… 처음이지만."

수줍게 말하는 그녀는 세 보이는 패션과 어울리지 않을 만큼 순진하고 사랑스러웠다.

"……고마워, 류토."

속삭이듯 그렇게 말한 그녀를 보며, 나는 비로소 불안감에서 풀려나 가슴이 벅차오르는 것을 느꼈다.

그런 나에게 시라카와는 한층 환한 미소를 지어 주었다.

"오늘 먹은 버블티는 그동안 마셨던 것들 중에 제일 맛있는 것 같아!"

그 뒤 우리들은 하라주쿠 일대의 버블 밀크티 가게들을 한 바퀴 빙 돌았다.

시라카와는 버블티에 한해서는 정말로 위장에 제한이 없는지 어느 가게의 버블 밀크티든 말끔히 한 잔을 다 비웠다.

"그런데 류토는 안 마셔?"

"난 아까 가게에서 마셨으니까……."

"그치만 이것도 맛있는데?"

"사양할게, 벌써 배 속이 출렁거려서."

시라카와는 저렇게 타이트한 원피스를 입고 있으면서 어떻게 멀쩡한 거지? 아까 섭취한 수분은 대체 어디로 흡수된 거야?

"음~ 어쩔 수 없지. 그럼 내 거라도 한 모금 줄게."

그렇게 말하며 시라카와는 마시던 버블 밀크티가 담긴 플라스틱 컵을 내밀었다.

컵에 꽂혀 있던 빨대 입구에는 자잘하게 펄이 들어간 붉은 립글로스 자국이 나 있었다.

난데없이 찾아온 간접 키스의 기회에 심박수가 펄쩍 뛰었다.

"……필요 없어? 그렇게 배가 불러?"

내가 꼼짝도 하지 않자 시라카와가 물었다.

"어, 아니. ……마, 마실게. 고마워."

황급히 컵을 받아 들고 빨대에 입을 댔다.

"어때? 치즈 폼이랑 돌소금이 신의 한 수이지 않아? 역시 토핑을 올린 게 정답이었어!"

"……그, 그러게."

솔직히 가슴이 두근거려서 맛을 볼 생각도 못 하고 삼켜 버렸다.

내가 돌려준 컵을 받아든 시라카와가 다시 빨대를 입에 물었다.

우와, 상호 간접 키스잖아…….

하지만 그런 걸 의식하고 있는 건 나뿐이리라. 시라카와한테는 이성 친구들과도 아무렇지 않게 하고 있는 일일 수도 있으니까.

그렇게 생각하며 살짝 시무룩해하고 있을 때.

시라카와가 나를 보며 씩 웃었다.

"간접 키스네."

"어…… 어어?!"

시간차 공격은 비겁하다고, 시라카와!

"아~ 류토, 얼굴 새빨개졌어~!"

급 민망해진 나를 놀리며 시라카와가 웃었다.

갸루 잡지에서 튀어나온 듯 누가 봐도 갸루인 시라카와와 평범한 나의 조합은 거리를 걷는 사람들에게는 어울리지 않아 보일지도 몰랐다.

하지만 지금 나는 그녀와 함께 있을 수 있어 무척이나 행복했다.

◇

정신이 들자 우리들은 점심과 디저트도 다 거르고 버블 밀크티 가게만 여섯 군데나 돌고 있었다. 놀랍게도 시라카와는 모든 가게에서 버블 밀크티를 혼자서 한 잔씩 주문해 끝까지 다 마셨다.

“아~ 버블티를 진짜 원껏 마셨어! 고마워, 류토!”

“이제 버블티는 더 안 마셔도 돼?”

“응, 충분해. 이렇게 만족스러웠던 건 처음이야~.”

시라카와는 본인이 한 말처럼 만족스레 웃고 있었다.

어느새 저녁 6시가 다 됐다. 버블 밀크티는 바로 살 수 있는 경우가 없어서 정도의 차이는 있을지언정 어느 가게를 가든 그때마다 줄을 서야 했고, 시부야와 가까운 곳까지 원정을 나가느라 이래저래 꽤 시간을 잡아먹었다.

“그럼…….”

저번에도 그랬지만 데이트는 너무 늦지 않게 귀가하기로 정해 두었다. 둘 다 아직 고등학생 미성년자였고, 그것이 시라카와를 ‘소중히 여기는’ 한 가지 형태라고 생각했기 때문이다.

사실은 야한 짓도 하고 싶지만…… 아, 역시 시라카와 방에서 해 둘 걸 그랬나…… 싶은 후회가 아직도 가끔씩 밀려들지만.

그래도 오늘은 시라카와의 생일이니까, 그녀가 좋아하는 일만 해

주기로 결심했다. 일단은 버블 밀크티부터 마시고…….

"앗!"

거기서 생각이 났다.

"왜 그래, 류토?"

"……."

선물이다. 아직 선물을 사지 않았다.

—선물은 당일 루나한테 물어보고 사 주는 게 나을 거야. 액세서리나 소품 취향은 사람마다 달라서 여자들끼리도 맘에 들어 하는 걸 골라 주기 쉽지 않거든. 뭐, 네가 네 센스에 엄청 자신이 있다면 얘기는 다르겠지만.

당연히 자신감 따윈 없었기에, 야마나의 조언대로 시라카와가 고르게 하자고 생각했다.

일단은 버블티를 원하는 만큼 먹인 다음에 하려고 했는데, 설마 이 시간까지 버블 밀크티 가게를 순례하게 될 줄은 몰랐던 것이다.

게다가.

예산을 확인하려고 시라카와에게 보이지 않는 사각에서 지갑을 열어봤더니 남은 돈은 고작 천 엔 남짓이었다.

"거짓말이지……."

만 엔을 가지고 집을 나섰는데, 어쩌다 일이 이렇게…… 버블티, 너무 비싸잖아.

"저기, 있지…… 시라카와."

나는 머뭇거리며 말을 꺼냈다.

"미안……. 시라카와한테 갖고 싶은 생일 선물을 고르게 하려고 했는데…… 남은 돈이 천 엔뿐이야. 천 엔 정도로 살 수 있는 거라도 괜찮으면, 뭐든지……."

꼴사납지만 솔직히 말했다.

"엥?"

시라카와는 놀란 듯이 눈을 크게 떴다.

"이미 받았는데? 버블 밀크티를 사 줬잖아."

"아니, 그래도, 뭔가 실물로 남을 만한 걸……."

"그럼 이걸로 줄래? 이게 좋아, 난."

시라카와는 그렇게 말하더니 내 손에서 종이를 가져갔다.

오늘 하루 돌아다니면서 참고했던, 내가 손수 만든 버블티 지도였다.

"이거 진짜 대박이었어. 세상에 하나밖에 없기도 하고. 오늘 마신 버블 밀크티도 전부 엄청 맛있었어. 류토가 미리 알아봐 준 덕택이야."

작게 접힌 지도를 보며 시라카와는 기쁜 듯이 미소 지었다.

"누가 나한테 이런 일을 해준 건, 처음이니까…… 기념으로 보관해 두고 싶어. 류토가 날 위해 애써 준 사랑의 증거잖아?"

그 말에 가슴이 뜨거워졌다.

"시라카와……."

"소중히 보관해 둘 테니까, 다음에 또 같이 버블티 데이트 해줄래?"

넌지시 올려다보는 눈동자에 나는 깊숙이 고개를 끄덕였다.

"물론이지. ……아, 그때는 다시 업데이트할게. 새로운 가게가 생길지도 모르니까."

기쁘게 대답하는 나를 보며 시라카와는 아하하 소리 내 웃었다.

"고마워, 류토!"

그녀는 그렇게 말하며 나에게 눈이 부시도록 환한 미소를 지어 주었다.

"최고의 열일곱 살 첫날이었어!"

◇

이리하여, 생일 데이트는 성공리에 막을 내렸다.

한 주의 시작인 월요일, 내 머릿속은 그 어느 때보다도 더 시라카와로 가득 차 있었다.

버블 밀크티를 마시고 녹아내릴 듯한 미소로 "맛있어!"라고 말해 주던 시라카와. 살며시 수줍은 미소를 짓던 시라카와. 나에게만 보여 주던 시라카와의 수많은 표정들…….

시라카와, 좋은 향기가 났지. 그 방에서 난 것과 같은 냄새…… 아, 역시 그때 해 둘 걸 그랬어…….

멍하니 그런 생각을 하는 사이 어느새 수업이 끝나고 쉬는 시간이 되었다.

너무 넋을 잃고 있었다. 이런 적은 처음이라, 자리에 앉은 채 혼자

멋대로 쩔쩔매고 있던 그때였다.

"저기, 카시마."

옆자리에서 말을 걸어와 돌아보자 쿠로세가 내 쪽을 보고 있었다. 양손을 살포시 턱에 댄 탓에, 하복 위에 걸친 카디건의 소매가 앙증맞게 손등을 가린 것이 눈에 들어왔다. 덩치가 작아서 사이즈가 큰 건가?

"왜?"

내가 묻자 그녀는 의미심장하게 미소를 지었다.

"카시마 여친은 누구야? 아무래도 궁금해서 그러니까 가르쳐 줘."

"아……."

그 얘기였냐.

전에는 얘기하려던 찰나에 선생님이 돌아와서 미처 말하지 못했지만.

"실은……."

그때, 불현듯 시라카와가 보여 주었던 라인 캡처가 떠올랐다.

> 니콜이 우리 반 흔남이랑 맥●에서 데이트 중이던데 그
> 진짜야? 완전 웃긴다

"……."

나 같은 남자애가 잘나가는 여자애와 친하게 지내는 건 아무래도

그 애들에게는 '웃기는' 일인 듯했다.

그러니 나와 사귄다는 사실을 들켰다간.

그 사실이 만천하에 알려졌다간 시라카와가 비웃음을 사겠지.

내가 '어울리지 않는다'고 조롱당하는 것보다 그 편이 더 가슴 아플 것이었다.

"……역시 말 못 할 것 같아. 미안."

나는 쿠로세에게 사과하며 자리에서 일어났다.

다른 애들한테 알려지면 곤란한 얘기는 쿠로세에게도 말하지 않는 편이 낫다고.

내 자기 현시욕 때문에 시라카와에게 피해를 끼칠 수는 없다고.

그렇게 생각하면서.

제 3.5 장
쿠로세 마리아의 비밀일기

카시마 류토, 완전 짜증나.

전학을 온 지 일주일, 같은 반 남자애들은 거의 다 내 포로로 만들었다. 그런데도 그 녀석만은 아무리 흔들어도 꿈쩍도 하지 않았다. 한 번 찼다고 경계하는 것 같은데, 덕분에 내 계획을 완수하지 못하게 생겼다.

건방지단 말이지. 사실은 여친도 없으면서. 그 증거로 여친이 누구인지 물어봐도 대답을 못 하잖아. 인기 없는 아싸가 꼴에 자존심은 있어서, 완전 열 받아! 그냥 얌전히 나한테 또 반하기나 하란 말이야.

열 받는다고 하니까…… 그 애가 떠오르네.

오늘 남자애들이 교실 구석에서 잡담을 나누는 게 귀에 들어왔었지.

"쿠로세도 귀엽긴 한데, 역시 제일 사귀어 보고 싶은 건 시라카와야~."라니, 바보 아냐?! 그런 남자 밝히는 애의 어디가 좋다고?! 그런데도 동의하는 애들이 많았지.

시라카와 루나, 완전 거슬려.

나는 첫 번째가 아니면 싫어. 첫 번째로 사랑받는 건 나라고.

전학 오기 전 학교에서도 그랬고 중학교 때도 그랬다.

'제일 사귀고 싶은 사람은 쿠로세 마리아.'

남자애들이 입을 모아 그렇게 말하도록 만들어 보일 테니까.

그러기 위해서라도…… 두고 봐, 시라카와 루나.

이번에는 내가 너한테서 빼앗아 주겠어.

지금의 나는 더 이상…… 그때의 내가 아니니까.

제 4 장

시라카와의 생일 데이트를 무사히 마친 뒤 한동안. 나는 시라카와를 기쁘게 만든 것에 만족해하며 순조로운 학교생활을 보내고 있었다.

그 무렵이었다.

시라카와를 둘러싼 공기에서 미미한 변화가 느껴지기 시작한 것은.

사귀기 전부터 시라카와 워처였던 나는 사귀고 나서도 정신이 들면 눈이 저절로 시라카와를 좇고 있었다.

그 덕에 그녀 주변의 분위기에는 민감했다.

시라카와는 사근사근해서 싫어하는 사람이 없었지만, 반 아이들 중에는 당연하게도 먼저 그녀에게 말을 걸 용기를 내지 못하는 사람들도 있었다. 바로 얼마 전의 나처럼 말이다.

가장 먼저 눈에 들어온 변화는 그런 반 아이들이 다른 때보다 훨씬 시라카와를 의식하게 됐다는 점이었다.

"시라카와 말이야…… 들었어?"

"아~, 응."

"그 얘기가 정말 사실일까?"

"글쎄……."

그런 식으로 아이들은 예전보다 더 그늘에서 몰래 속닥거리게 됐다.

그리고 다음으로 생겨난 변화는 시라카와에게 평범하게 말을 걸 수는 있지만 딱히 친하게 지내지는 않았던 학급 내 피라미드의 중간층들에게서 일어났다.

그들이 시라카와에게 호기심 어린 시선을 보내게 된 것이다.

"있지, 그 얘기 들었어?"

"응. 정말인지 아닌지 물어볼까?"

"아니, 그래도 본인한테 직접 물어보긴 좀 그렇지."

"하긴~."

……대체 무슨 일이 있었던 거지?

그런 의문을 품으며 나는 다른 때보다 훨씬 더 날카로운 눈으로 시라카와의 주변을 살피고 있었다.

그러자 한 남자가 눈에 들어왔다.

그 남자는 바로 최근에 자주 그녀에게 말을 걸던 축구부원이었다.

"잠시 시간 돼?"

어느 날 중간 휴식 때 놈은 그렇게 말하며 시라카와를 교실 밖으로 데려갔다.

"엥? 갑자기 왜?"

시라카와는 의아해하면서도 그 뒤를 따라갔다.

두 사람이 간 곳은 근처에 있던 빈 교실이었다.

나는 안절부절못하며 두 사람을 쫓아가 문틈으로 안쪽 상황을 주시했다. 축구부가 뭔가 이상한 짓을 하려고 들면 언제든지 뛰어들 수 있게 마음의 준비를 해 두었다.

"그래서, 왜 불러냈는데?"

시라카와는 긴장감 없이 웃고 있었다. 상대방이 남자든 여자든 태도에 변함이 없다는 것이 그녀의 대단한 점이라고 생각한다. 반 아이들을 관찰하다 보면 의외로 그런 사람이 적다는 걸 깨닫게 되거든.

그런 그녀에게 축구부가 말했다.

"나랑 사귀지 않을래?"

"……?!"

충격으로 눈앞이 하얘졌다.

그러지 않을까 예상하긴 했다. 역시 시라카와를 노리고 있었구나…….

시라카와는 뭐라고 대답하려나.

그렇게 생각하며 마른침을 삼킨 그때.

"난 사귀는 사람 있어. 미안해."

그녀가 태연하게 말했다.

"뭐?!"

축구부가 놀랐다.

"지금은 사귀는 사람 없다고 아카리가 그러던데."

"아…… 그러고 보니 아카리한테는 말하지 않았네."

쓴웃음을 짓는 시라카와에게 더 떨떠름한 얼굴을 한 축구부가 물었다.

"……사귀는 사람이 누군데? 이 학교 학생이야?"

가슴이 철렁거렸다.

시라카와는 난처한 기색으로 "아……." 하고 신음하더니 표정을 굳혔다.

"……비밀이야."

아니, 그러면 '이 학교에 있습니다'라고 광고하는 거나 마찬가지라고!

"누군데? 어느 동아리 녀석이야?"

아니나 다를까 축구부도 캐묻기 시작했다.

"알 거 없잖아."

시라카와는 얼버무리려 했지만 전혀 얼버무려지지 않고 있었다.

"왜 말을 못 해? 남한테 밝히기 싫은 사람이라서 그래?"

축구부의 말에 가슴이 뜨끔거렸다.

나에 대해 말하지 말라고 한 건 내가 시라카와에게 요청한 것이 맞다.

하지만 어쩌면 시라카와도 속으로는 나를 남자친구라고 밝히는 걸 창피하게 여기고 있을지도 몰랐다. 솔직히 누가 봐도 시라카와와 잘 어울리는 건 축구부 같은 인싸 훈남일 테니까…….

그렇게 생각하며 또다시 살짝 침울해지려 했을 때였다.

"아냐."

시라카와가 말했다.

"난 말해도 정말 아무렇지 않지만, 그 애가 수줍음이 많거든. 그래서 사귀는 걸 별로 남한테 밝히고 싶지 않대."

"그게 뭐야?"

하지만 축구부는 납득하지 않았다.

"루나랑 사귀는 걸 공개하기 싫은 남자가 있다고? 설마 싶긴 하지만…… 반에서 완전 인기 없는 녀석이야?"

정곡을 찔리자 가슴이 철렁거렸다.

"뭐 하긴, 루나가 그런 녀석과 사귈 리가 없지……. 그럼 활동하는 동아리만이라도 가르쳐줘. 우리 부는 아니지?"

"응, 축구부는 아냐."

"그럼 농구부야?"

"아니."

"테니스부?"

"아니이."

잠깐만, 시라카와! 그건 정답이 나왔을 때 처음으로 '비밀'이라고 말해서 결국 다 들키는 패턴이잖아!

눈치 채라고!

"설마 귀가부야?"

"으음, 글쎄? 비밀이야!"

"……귀가부구나."

이것 봐~!

축구부는 멋지게 정답에 다다르고 말았다.

"동아리 활동도 안 하는 거면 별 볼일 없는 녀석이겠네. 그런 남자의 어디가 맘에 들었어?"

너무하네, 나도 '게임 실황 영상 동호회' 같은 게 있었다면 바로 가입했을 거거든……?

동아리 활동이 인간의 전부인 것처럼 말하는 걸 듣고 있자니 솔직히 부아가 치밀었다.

"뭐 아무튼 루나가 말하기 싫어하는 이유는 알겠어. 그런 시시한 녀석과 사귀고 있으니 창피해서 말하고 싶지 않겠지."

진짜 보자보자 하니 말이 너무 심하잖아, 축구부…….

아무리 차여서 화풀이를 하는 거라 쳐도 이렇게까지 말하니 솔직히 화가 났다.

그리고 한편으로는 그가 하는 말을 완전히 부정하지 못하는 스스로의 자신감 결여에 자기혐오를 느꼈다.

틀린 말은 아니었다. 시라카와의 남자친구로는 저 축구부 같은 남자가 더 어울린다고 생각하니까. 이렇게 보고 있자니 열 받지만 잘 어울리긴 했다.

시라카와도 그렇게 생각하고 있을지도 모른다. 과거의 남자친구들은 다들 저렇게 인싸 훈남이었을 테니까…….

그런 생각을 하다 보니 가슴이 지끈거렸다.

"아니, 그러니까, 난 밝혀도 상관없어. 아까도 말했지만."

시라카와는 축구부에게 온화하게 대꾸했다.

"귀가부여도 좋은 사람이라고 생각해. 어차피 나도 귀가부니까."

"어, 그게……."

시라카와가 자기 험담을 했다고 생각할까 봐 변명을 하려던 축구부는 몇 글자 말하기도 전에 시라카와에게 말을 가로막혔다.

"나는 내 남자친구를 시시하다고 생각하지 않아. 내가 내 의지로 사귀기로 결심한 사람이기도 하고. 하지만 그 애가 우리가 사귄다는 걸 밝히고 싶지 않아 하니까, 그 마음을 존중해 주고 싶은 거지."

그렇게 말하는 시라카와는 배려에 찬 다정한 미소를 머금고 있었다.

"그 애랑 사귀는 걸 온 세상이 다 알게 돼도 난 부끄럽지 않아."

시라카와…….

가슴이 달아올랐다. 축구부에게 그런 말을 해준 그녀에게 사랑스러움이 솟구쳤다.

정말로 착한 사람이었다. 정말로, 나에게는 과분할 만큼 세상에서 제일 멋진 여자애다.

축구부의 말에 넘어가서 한순간이나마 '시라카와가 나와 사귄다는 사실을 밝히기 싫은 게 아닐까' 의심했던 나 자신이 부끄러웠다.

시라카와가, 다른 사람…… 그것도 자신에게 고백해 준 훈남 앞에서 나를 이런 식으로 두둔해 줬는데.

나도…… 조금 더 자신감을 가져도 되지 않을까? '시라카와의 남자친구'로서. 시라카와가 나를 선택해 준 것에, 조금 더.

그렇게 생각하던 그때였다.

"알았어……. 그럼 다음번에 그 녀석한테서 갈아탈 때는 나로 해."

축구부는 심술궂은 미소를 지으며 말했다.

"그 녀석이 돈을 펑펑 쓰게 나뒀다가 돈이 다 떨어지면 또 다른 남자로 갈아탈 셈이잖아?"

"뭐? 무슨 소릴 하는 거야?"

"다들 그러던데. 하긴 귀가부면 알바도 할 수 있을 테니 돈도 많겠네."

"뭐어?!"

시라카와의 표정에 노기가 서렸다. 하지만 축구부는 얄밉게 웃으며 그대로 교실을 뒤로했다. 나는 황급히 문에서 떨어져 복도를 우연히 지나가던 통행인인 척 연기했다.

그러자 때마침 복도에 모여 있던 동급생들의 대화가 귀에 들어왔다.

"그거 알아? 시라카와 루나가……."

"아~, 나도 들었어. 애인을 단물 다 빠질 때까지 이용해 먹고 갈아타는 꽃뱀이라며?"

"하지만 그만큼 귀여우니 이해는 가."

"나도 먹고 버려줬으면~!"

한 남자애가 장난스레 외치자 다른 남자애들이 웃었다.

여자애들도 따로 무리를 지어 시라카와로 수다를 떨고 있었다.

"시라카와 남친이 그렇게 돈이 많나?"

"난 작년에 같은 반이었는데도 시라카와 남친이 어떤 사람인지 모르겠더라. 다른 학교 애나 대학생이랑 사귀었던 것 같긴 하던데."

"흐으음. 그래도 두세 달밖에 안 갔다며?"

"저렇게 예쁜데 한 명이랑 몇 달밖에 안 간다는 건……."

"역시 소문대로 그래서 그런 건가 싶은 생각이 든다니까."

"헐, 왔다."

그때 무리 중 한 여자애가 이쪽을 보며 당황하더니 다른 여자애들과 교실로 들어갔다.

뒤를 돌아보자 그곳에는 빈 교실에서 나온 시라카와가 서 있었다. 저를 두고 하는 얘기를 들었는지 망연자실한 표정을 짓고 있었다.

"시라카와……."

무심코 다가가 말을 걸었더니, 시라카와는 나를 눈치 채고는 미소를 지었다.

"류토."

그리고는 뭐라도 말하려고 입을 달싹거리던 나에게 말했다.

"뭔지는 모르겠지만 뭔가 이상한 소문이 도는 것 같네."

"그러게……. 대체 누가 이런 소문을 퍼뜨린 건지……."

"괜찮아!"

내 말을 가로막듯이 말하며 시라카와는 밝게 웃었다.

"소문은 어차피 소문이니까. 난 전혀 개의치 않아."

그녀는 그렇게 말하며 내 옆을 통과해 교실로 돌아갔다.

그 뒷모습이 평소와 달리 꺼질 것처럼 연약해 보여서 가슴이 아팠다.

"갑자기 웬 소문이지? 대체 누가 퍼뜨리고 있는 거야……?"

시라카와가 애인한테 돈을 펑펑 쓰게 만든 뒤 돈이 바닥나면 다음 남자로 넘어간다고?

"그럴 리가 없잖아……."

그 사실은 내가 제일 잘 알고 있다.

—그럼 이걸로 줄래? 이게 좋아, 난.

시라카와는 돈 한 푼 되지 않는 수제 지도를 생일 선물로 받고도 기쁘게 웃어 주던 애였다.

—줄게. 이건 류토 거야.

자기 용돈을 털어서 나한테 자기 것과 같은 스마트폰 케이스를 사준 시라카와가.

돈을 노리고 남자를 사귈 리가 없잖아.

애초에 돈이 목적이었다면 나처럼 가진 돈도 없어 보이는 음침남을 사귈 리가 없었다. 내 입으로 말하기도 슬프지만.

이런 근거 없는 소문을 퍼뜨린 녀석은 대체 누구지?

절대 용서 못 해.

나는 진심으로 그렇게 생각했다.

◇

시라카와에 대한 허무맹랑한 소문이 퍼지는 것과 같은 시기에 반에서는 쿠로세의 인기가 하늘을 찌를 듯 치솟고 있었다.

"쿠로세 좋지~."

쉬는 시간만 되면 교실 한구석에서 남자애들이 그녀의 얘기를 떠든다.

슬쩍 쿠로세를 관찰해 보니 그 이유를 알 수 있었다.

수업을 마치고 쉬는 시간에 쿠로세가 노트를 떨어뜨렸다. 대각선 뒤에 앉은 남학생이 그것을 주워 주려고 했다. 그러자 자리에서 일어나 노트를 주우려던 그녀의 손이 노트를 주워 준 남학생의 팔에 닿았다.

"앗, 미안. ……고마워."

그녀는 살짝 허리를 숙인 낮은 자세로 눈만 들어 남학생을 바라보았다.

"아, 아냐, 별것도 아닌걸 뭐."

남학생은 시뻘게져서 눈을 피했다.

또 하루는.

나와 쿠로세가 자리 순서상 같이 당번이 되었다. 아침 조례 뒤 바로 선생님에게 반 아이들 전원의 건강관찰 파일을 교무실로 옮겨달라는 부탁을 받았다.

"둘이서 반씩 들고 갈까?"

반 아이들 전원 분량이라고 해도 기록용 종이가 몇 장 끼워져 있는 게 다인 종이 파일이라 무게는 그리 무겁지 않았다. 내가 남자 분량을 들고, 쿠로세가 여자 분량을 들면 남자 인원수가 더 많으니 딱 괜찮을 거라 생각했는데.

"으으음, 무겁네……."

쿠로세는 울상을 지으며 비틀비틀 걷기 시작했다.

"엥? 그래?"

확실히 아담한 쿠로세가 부피가 큰 짐을 나르고 있으니 무거워 보이긴 하지만, 그 정도는 아닐 텐데 라고 생각한 그때였다.

"내가 대신 들고 갈게."

반 남자애가 말을 걸더니 쿠로세가 들고 있던 파일을 가져갔다.

"어? 전혀 안 무겁잖아."

"엥~, 그래?"

쿠로세는 놀란 듯한 표정을 지었다.

"사이토는 힘이 세구나. 여자한테는 무거워~."

"그래?"

사이토는 영 싫지만은 않은 얼굴로 싱글거리며 그대로 교무실까지 파일을 운반했다.

그렇게 빈손이 된 사이토가 짐꾼에서 해방되어 먼저 떠나가고, 선생님에게 보고를 마친 나와 쿠로세 둘이 교실로 돌아가던 때.

"당번은 가기 전에 일지를 써야하지?"

쿠로세가 그렇게 물었고 나는 고개를 끄덕였다.

"그렇지."

그러자 그녀는 난감한 표정을 지었다.

"내가 오늘 방과 후에 볼일이 좀 있는데…… 어떡하지……."

"일지는 대충 적당히 쓰면 되니까 2분이면 끝나."

중1 때의 나였다면 여기서 옳다구나 하고 '내가 대신 작성해 두겠다'고 했을 거다. 노트를 주워 준 남자애나 사이토처럼.

하지만 생각해 보면 이 애는 원래부터 그랬다. 남자의 비호욕구를 자극해서 그럴 마음이 들게 하는 태도를 무의식중에 취하는…… 나한테만 특별하게 구는 게 아니라는 뜻이다.

한 번 차인 것도 뼈저리고, 이제는 시라카와를 향한 애정이 더 크기도 해서 나는 쿠로세에게 냉정한 태도를 취할 수 있었다.

"……."

쿠로세는 고개를 숙인 채 잠깐 동안 말이 없었다.

"……칫."

엥?! 방금 혀를 찬 것 같은데?!

기, 기분 탓이겠지…….

그런 생각을 하고 있는데 쿠로세가 고개를 들었다.

"카시마, 아직도 날 원망해……?"

그 커다란 눈망울이 치와와처럼 물기에 젖어 있어서 순간적으로 당황했다.

"어?! 뭐가?"

"내가 예전에 카시마의 마음을 받아주지 않았다고…… 이렇게 괴롭히는 거야?"

"아니, 안 그래, 절대로!"

뭐지? 왜 얘기가 이쪽으로 튀는 거지? 설마 일지를 대신 작성해 주지 않겠다고 해서인가?

"알았어, 일지는 내가 작성해 둘게."

쿠로세를 울렸다간 남자애들한테 뭇매를 맞을 것 같아서 다급히 말했다.

"정말?"

쿠로세는 활짝 얼굴을 펴며 입가에 청초한 미소를 머금었다.

"카시마는 다정하구나……."

그녀는 의미심장하게 말하며 천천히 눈을 깜빡인 뒤, 눈동자만 들어 내 쪽을 바라보았다.

"난 그런 사람이 좋더라."

"어……."

무심코 소리를 낸 건 이번에는 '같기도'라는 보험이 딸려 오지 않았기 때문이다.

아니지, 침착하자. 이 애는 원래 이러는 애고, 나한테는 시라카와가 있다.

쿠로세는 그런 내 마음속의 동요를 즐기듯 만족스레 미소 지었다.

"그래도 괜찮아. 일지는 나도 쓸게."

"어?"

"그럼 먼저 가볼게."

그렇게 말하며 혼자서 총총히 걸어가는 그녀의 뒷모습을 나는 여우에 홀린 듯한 기분으로 쳐다볼 수밖에 없었다.

"대체 뭐야……."

그때였다.

시선을 느끼고 뒤를 돌아보자, 그곳에 시라카와가 서 있었다.

"아, 류토……."

시라카와는 웬일로 심각한 표정을 짓고서 주위를 두리번거렸다. 아무도 시선을 보내고 있지 않다는 걸 확인하더니 내게로 한 걸음 다가와 입을 열었다.

"당번이야?"

"응."

"……쿠로세, 랑?"

"으, 응."

"아무 일 없었어?"

"어?"

아무 일 없었냐니 뭐가…… 하고 의아해하는데, 시라카와가 한 걸음 더 다가와 소리 죽여 입을 열였다.

"내가, 류토한테 꼭 할 말이 있는데……."

내가 되물으려던 그때.

"앗, 루나 여기 있었네!"

"찾았잖아! 거기서 뭐해?"

복도 저편에서 시라카와가 속한 갸루 그룹의 여자애들이 그녀를 불렀다. 시라카와는 몸을 움찔거렸다.

"앗……, 응!"

여자애들에게 대답한 뒤 나를 보며 미안한 얼굴을 한다.

"미안해, 류토. 다음에 다시……."

"괜찮아, 가 봐."

나는 시라카와를 보낸 뒤 다시 혼자 남았다.

—내가, 류토한테 꼭 할 말이 있는데…….

"……뭐지?"

시라카와의 그런 표정은 처음 본 것 같다.

요즘 좋지 않은 소문이 돌고 있으니 그에 관한 얘기려나?

다음 수업이 시작되었으나, 나는 시라카와가 하려다 만 얘기가 마음에 걸려 계속 이런저런 생각에 잠기고 말았다.

◇

그날 방과 후.

아직 반 아이들 대부분이 끈질기게 남아 있는 교실에서 나는 옆자리의 쿠로세에게 일지를 받았다.

"자, 카시마."

살펴보니 오늘 난의 반절이 빼곡히 차 있었다. 내용도 요령껏 정리해 놨다.

뭐야. 완벽하잖아…….

"그럼 내 몫까지 써서 제출해 놓을 테니까 먼저 돌아가도 돼."

볼일이 있다고 얘기했던 기억이 나서 그렇게 말했다. 하지만 쿠로세는 "있지, 그런데 그거 알아?"하고 내 쪽으로 상체를 숙여 왔다.

"엥, 뭐를?"

"시라카와의 본성."

"어……."

가슴이 철렁거려 저도 모르게 몸을 굳혔다.

시라카와는 아직 교실에 남아서 야마나 무리와 즐겁게 수다를 떨고 있었다.

설마, 예의 그 소문을 말하는 건가?

내가 잠자코 침묵하자 쿠로세는 얼굴에 희색을 띠며 내 쪽으로 몸을 붙였다.

"있지, 내 언니의 후배가 시라카와의 예전 남친인데."

가슴 안쪽이 우릿하게 쑤셨다.

시라카와의 예전 남자친구.

평소에는 가급적 떠올리지 않으려 애쓰던 단어가 이렇게 매끄럽게 튀어나오는 걸 듣고 있자니 확실히 그것이 이 세상에 존재하는 것이었다는 실감이 났다.

"……그게, 어쨌는데?"

겨우 평정심을 유지하며 그렇게 묻자, 쿠로세는 내가 관심을 드러낸 것에 만족한 듯 미소를 지었다.

"그 사람이 시라카와랑 사귀었을 때 엄청 피곤했다고 그랬어. 자기 편한 대로 남자를 휘두르고 데이트 비용도 남자가 내는 게 당연하다고 생각하고, 아무튼 제멋대로였대."

그 말을 듣자 처음 뇌리에 떠오른 것은 커다란 물음표였다.

"……그거, 진짜로 시라카와가 한 짓이 맞아?"

내 질문에 쿠로세는 한껏 고개를 끄덕였다.

"당연하지. 시라카와의 예전 남친이 직접 말한 거니까 분명해."

"……."

그게 사실이라면 예전 남자친구는 거짓말을 하고 있었다.

시라카와가 그런 짓을 할 리가 없기 때문이다.

—얼마였어? 내가 마신 거, 돈 낼게.

시라카와는 자기 생일 데이트 때도 당연하다는 듯이 음료수 값을 내려고 했다. 그런 그녀가 데이트 비용을 남자가 내는 게 당연하다고 생각할 것 같진 않았다.

거기다 제멋대로라고? 시라카와는 나 같은 남자친구도 배려하며 기쁘게 해주려고 애쓰는 애였다.

보아하니 요즘 떠돌던 시라카와의 명예롭지 못한 소문의 출처가 어딘지 알겠군.

"쿠로세."

"응? 왜?"

내 분노가 깃든 어조를 눈치 채지 못했는지, 쿠로세는 여전히 흡족한 기색으로 나를 보고 있었다.

"그 얘기, 다른 애들한테도 했어?"

"어?"

그러자 비로소 내 분위기가 바뀐 것을 깨달았는지, 쿠로세가 살짝 표정을 굳혔다.

"그건 왜? 그, 글쎄…… 기억이 안 나네. 그래도 이건 사실이니까, 다들 알 필요가 있지 않을까?"

"……."

그녀를 보니 이런 식으로 반 아이들에게 얼핏 그럴싸하게 들리는 뜬소문를 불어넣은 듯했다.

거짓말을 한 사람이 시라카와의 예전 남자친구인지 쿠로세인지는 몰라도, 타인의 명예를 훼손할 만한 얘기를 좋다고 떠벌리고 다니는 그녀에게 화가 났다.

내 마음속에 일렁이는 분노를 알 길이 없는 쿠로세는 계속 말을 이었다.

"시라카와는 인기가 많잖아? 그래서 다음에 사귈 만한 남자애들을 몇 명 찍어 놓고 남친의 돈이 바닥나면 갈아탄대. 완전 무섭지~."

쿠로세는 그렇게 말하며 겁먹은 얼굴로 뒤쪽을 힐끔거렸다. 그곳에는 여전히 즐겁게 담소를 나누는 시라카와가 있었다.

그 해맑고 사랑스러운 미소를 보자 내 속에 피어오른 분노의 불꽃이 걷잡을 수 없이 불어났다.

"그리고 있지, 시라카와는 사실 그밖에도……."

"그 이상 시라카와를 나쁘게 말하지 마."

그 목소리에 교실 안의 잡담 소리가 뚝 끊겼다.

내가 생각했던 것보다 크게 목소리가 나온 모양이다. 아니면 아싸인 내가 시라카와의 이름을 입에 담아서 다들 놀란 걸까.

"시, 싫다, 왜 그래, 카시마."

쿠로세는 당황한 표정을 지었다.

"쿠로세가 한 말은 다 틀렸어. 시라카와는 그런 사람이 아니야."

내가 말하자 쿠로세는 발끈한 기색을 감추려고도 하지 않고 받아쳤다.

"틀리지 않았어. 정말로 예전 남친이 하는 말을 들었단 말야."

"그럼, 그 '예전 남친'이 거짓말을 한 거겠네."

교실에 있던 반 아이들이 티격태격하는 나와 쿠로세를 의아해하는 눈길로 쳐다보고 있었다.

하지만 지금은 그런 건 아무래도 상관없었다.

시라카와에게 내려진 잘못된 평가를 수정하고 싶다.

내 가슴을 채운 건 오로지 그 생각뿐이었다.

"시라카와는 그럴 사람이 아냐. 정말로 남친만 생각하고, 자기보다 남친이 기뻐할 만한 일을 해주고 싶어 하는 착한 아이라고."

쿠로세는 그 말을 듣더니 표독스레 입술 끝을 올렸다.

처음 보는 표정이었다…….

그 얼굴에서 그녀의 본성을 본 것 같은 기분이 들었다. 저도 모르게 등줄기에 소름이 돋았다.

"그게 뭐야, 망상이야? 난 전 남친 본인을 알고 있거든?"

"나도 남친 본인을 알고 있어."

이제 와서 발을 뺄 수도 없고, 빼고 싶지도 않았다.

오해를 풀고 싶다. 시라카와를 따라다니는 근거 없는 악평들을 정정하고 싶다.

나는 그 마음 하나로 말을 이었다.

"시라카와는 착한 아이야. 기념일에는 남자친구한테 커플 아이템을 깜짝 선물로 주기도 하고, 남친이 돈이 없어서 생일 선물을 사 주지 않아도, 직접 만든 쇼핑 지도만으로도 기뻐해 주는 아이지."

데이트 때의 기억이 떠올라 가슴이 울컥 달아올랐다.

"시라카와는 제멋대로가 아냐. 늘 남친를 생각해서 배려해 주는 최고의 여친이라고."

내 말을 들은 쿠로세는 눈꼬리를 치켜세웠다.

"뭐? 그 '남친'이란 게 어디의 누군데? 정말로 존재하기는 해? 말할 수 있으면 해 봐."

"……."

"이것 봐, 말 못 하잖……."

"할 수 있어."

내 심장소리가 폭음처럼 귓속을 웅웅대고 있었다.

"내가, 시라카와의 남자친구야."

순간, 교실 안이 찬물을 끼얹은 듯 고요해졌다.

말해 버렸다.

그렇게 들킬까 봐 겁을 냈으면서.

이런 식으로, 시라카와와 사귄다는 걸 알리고 말았다…….

정적에 귀가 아파질 때쯤, 잔잔한 소란이 일었다.

"뭐……?"

"무슨 소릴 하는 거야, 저 녀석."

"있지, 저렇게 말하는데, 사실이야?"

믿지 않는 사람이 절반은 되는 듯했다. 그중에는 재밌어하며 시라카와에게 대놓고 질문을 던지는 까불이도 있었다.

"정말 저 녀석이 남친이야?"

"어……."

그 당혹스러워하는 목소리에 나는 뒤를 돌아보았다.

시라카와가 놀란 얼굴로 내 쪽을 보고 있었다. 반 전체가 주목하게 된 이 소란 속에서 그녀도 내 발언을 들은 것이 분명했다.

"……응."

"헐?!"

자기가 먼저 물어본 주제에 까불이는 화들짝 놀랐다.

"뻥이지? 농담이지?"

"아냐."

얼어붙은 반 아이들을 향해 시라카와는 나직이 속삭였다.

"나, 얘랑 사귀고 있어."

""""""""""에에에에에엑~?!""""""""""

그 말에 마침내 소란의 다중주가 일어났다.

"말이 안 되지 않아?! 왜 카시마 같은 평범한 애랑?!"

"루나는 저런 애랑도 사귀어?!"

다들 놀라서 앞 다퉈 말을 내뱉었다.

"대박…… 진짜 의외다."

"어째서? 전혀 접점이 없지 않아……?"

그렇게 첫 충격이 가신 뒤에는, 주로 남자들 가운데서 이상하게 흥분하는 녀석들이 나왔다.

"카시마도 됐다는 건, 어쩌면 나도 가능성이 있었던 거 아냐?!"

"하이스펙 미남하고만 사귀는 줄 알고 그동안 포기하고 있었는데."

"우와~ 완전 착한 애잖아! 점점 더 좋아지는데."

"나중에 헤어지면 밑져야 본전이라고 고백해 볼까?!"

"나한테도 기회가 있겠지?!"

동시에 쿠로세에게도 냉랭한 시선이 쏟아졌다.

"카시마 같은 남친한테도 잘 해주는 거면, 쿠로세가 한 말은 엉터리겠네."

"진 남친이 차인 분풀이로 험담을 한 거 아냐?"

"어쩌면 그 얘기 자체가 쿠로세의 자작일 수도……."

"하긴……. 여태껏 시라카와 관련으로 그런 얘기가 나온 적이 없었으니까."

"뭐, 뭐야……."

별안간 반 아이들의 주목을 받게 된 쿠로세는 상황이 불리해지자 이마에 식은땀을 흘렸다.

"난 정말 들었어……."

양손을 꼭 주먹 쥐며 그렇게 호소한다.

하지만 계속 뻗대어 봤자 형세가 불리하다는 것을 짐작했는지 벌떡 자리에서 일어났다.

"너무해! 난 거짓말을 하지 않았단 말이야!"

커다란 눈망울에 한가득 눈물을 머금고 외치더니, 그대로 복도로 뛰쳐나갔다.

"어…… 잠깐만!"

아직 그녀에게 궁금한 게 있었다. 어째서 그런 거짓말을 반 아이들에게 퍼뜨린 건지.

왜 하필 시라카와였던 건지.

그 이유를 확인해야 했다.

그렇게 생각한 나는 아직도 호기심에 찬 시선들이 휘몰아치는 교실에서 쿠로세의 뒤를 쫓아 달려 나갔다.

복도를 빠져나온 쿠로세는 옥상으로 이어지는 좁은 계단 중간에 멈춰 섰다.

"……흑…… 흐윽……."

어깨가 들썩거릴 만큼 흐느껴 울며 두 손으로 눈물을 훔치고 있다. 아무래도 가짜로 우는 척하는 게 아니라 진짜로 우는 것 같았다.

"쿠로세……."

"오지 마!"

다가가려고 하자 완강하게 밀쳐냈다.

"……왜 따라오는 거야…… 날 좋아하지도 않으면서…… 그 여자한테 가면 되잖아……."

"……."

대체 뭐가 뭔지 모르겠다…….

"……말해 주지 않을래? 왜 이런 짓을 한 건지."

울음소리가 잦아들 때쯤 계단 아래에서 말을 걸자 쿠로세는 얼굴을 감싼 채로 계단에 철퍼덕 주저앉았다.

"'이런 짓'이라니, 무슨 짓?"

"시라카와 관련으로 나쁜 소문을 퍼뜨린 것 말이야."

내가 말하자 쿠로세의 울음소리가 다시 커졌다.

"으앙! 너, 정말 싫어. 시라카와 시라카와, 그 애 염불만 외고 있잖아. ……옛날엔 날 좋아했으면서!"

무, 무슨 소릴 하는 거야?

"……지금은 시라카와랑 사귀고 있으니까, 당연하잖아?"

"그게 싫단 말이야!"

쿠로세는 떼를 쓰는 아이처럼 외쳤다.

"난 모두에게 사랑받고 싶어. 모두에게 첫 번째가 되고 싶다고!"

"그……, 그치만."

살짝 기에 눌리는 것을 느끼며 나는 반박을 시도했다.

"모두에게 사랑받는다 해도 사귈 수 있는 남자는 한 사람뿐 아냐? 그런 건 의미 없는……."

"안 사귄다고!"

내 말은 쿠로세에게 가로막혔다.

"난 모두에게 사랑받고 싶을 뿐이야. 그래서 누군가와 사귄 적도 단 한 번도 없어."

그렇게 말하는 그녀의 눈에 다시 눈물이 차올랐다.

"첫 번째가 되고 싶어……. 첫 번째가 아닌 여자애는 선택받지 못해. 난 더는, 그 애한테 아무것도 뺏기고 싶지 않아……."

"……무슨 소리를 하는 거야? 시라카와랑 전부터 아는 사이였어……?"

그렇게 묻자 쿠로세의 눈에서 닭똥 같은 눈물이 흘러내렸다. 쿠로세는 그것이 창피한지 고개를 숙이며 조용히 입을 열었다.

"시라카와 루나는…… 내 쌍둥이 언니야."

그 말을 들은 내 전신에 벼락같은 충격이 흘렀다.

"뭐어?!"

농담을 하는 건가 싶어 쿠로세를 보았으나, 그녀는 원망이 서린 얼굴로 물끄러미 내 시선을 받아치기만 했다.

"거짓말이지? 하지만……."

생김새도 내용물도 전혀 닮지 않았다. 귀여운 거야 둘 다 마찬가

지지만……. 그런 생각을 하고 있는데, 쿠로세가 자조하듯이 미소 지었다.

“안 닮았지? 이란성이거든. 나는 아버지를 닮았고 그 애는 어머니를 닮았어.”

“……정말이야?”

“이런 불쾌한 거짓말을 일부러 하고 싶진 않아. 그런 남자 밝히는 애와 혈육이라니.”

“하지만, 성이…….”

“부모님이 다섯 살 때 이혼해서, 나는 어머니 쪽 성으로 바뀌고 그 애는 계속 아버지 성으로 남았어. 카시마랑 같은 학교를 다닌 건 중학교 때부터니까, ‘시라카와 마리아’였던 시절의 날 모르는 것뿐이야. 어머니의 본가로 이사하는 바람에 학군이 달라져서 ‘시라카와’ 시절 반 친구들도 없었고.”

설명을 듣고 보니 그럴듯한 것 같기도 했다.

쿠로세의 어머니가 싱글 마더라는 건 같은 반이었던 시절에 소문으로 들어 알고 있었다. 반에는 그밖에도 처지가 비슷한 학생이 몇 명인가 있었기에 그렇게 특별한 일이라고도 생각하지 않았다.

분명 어머니 말고도 할아버지, 할머니와 같이 산다고 했지. 한때 좋아했던 사람의 정보라 아직도 대충 기억하고 있었다.

그리고 쿠로세는 중2 때 전학을 가 버렸다. 어머니가 재혼하고 새 아버지의 사정 때문에 치바에서 살게 됐다고 했던가. 그때는 다른 반이었지만, 반 아이들이 얘기하는 걸 들었다.

“……어라?”

하지만 지금 성은…… 내가 알고 있던 ‘쿠로세’ 그대로다. 쿠로세를 가급적 머릿속에서 지우려 노력했기에 여태껏 의문을 품지 않았지만…….

“어머니가, 지난달에 헤어지셨어. ……그래서 할아버지 집으로 돌아왔고.”

그러자 내 생각을 꿰뚫어 본 것처럼 쿠로세가 말했다.

나는 그런 그녀를 다시 쳐다보았다.

“……정말로…… 시라카와의 동생이야……?”

“그러니까, 맞다고 했잖아.”

쿠로세는 떨떠름한 기색으로 속삭였다.

그 순간, 내 머릿속에 시라카와가 했던 말이 떠올랐다.

—내가, 류토한테 꼭 할 말이 있는데…….

아까 한 얘기는 어쩌면 이걸 말한 거였을지도 모른다.

그리고 얼마 전 가족 얘기를 했을 때도…….

—뭐 그래도, 자매가 뿔뿔이 흩어지지 않은 건 다행이네.

—어……?

그때의 놀라던 얼굴과.

—아, 응. 뭐, 그렇지…….

그 뒤의 부자연스러운 대답.

그건 쿠로세를 생각했기 때문이었는지도 모른다.

“큰언니와 시라카와는 아버지가 맡고, 넌 어머니가 맡은 거야?”

내가 묻자 쿠로세는 입술을 깨물었다.

"……나는…… 사실은 아버지랑 같이 살고 싶었어."

그 눈에 다시 눈물이 차오르더니, 순식간에 한쪽 눈에서 떨어진 물방울이 무릎을 덮은 스커트 자락에 흡수돼 갔다.

"나도 루나도 아버지를 정말 좋아했어. 하지만 우리 중에 한 명이 어머니와 함께 집을 나가게 됐지. 큰언니는 이미 고3에다 취업도 확정돼 있어서 마음대로 해도 된다는 말을 들었지만, 우린 아직 부모님의 보살핌과 돈이 드는 나이라 두 분이 상의해서 그렇게 정한 것 같아."

그렇게 말한 뒤 쿠로세는 눈물을 훔치며 코를 훌쩍거렸다.

"난 아버지와 함께 살고 싶었어. 하지만…… 아버지가 선택한 건 루나였어."

쿠로세는 얼굴을 일그러뜨리며 눈물을 떨궜다.

"루나는 애교가 많아서 가족들 모두가 귀여워했어. 아버지도, 나보다 루나를 좋아했던 거야……."

그렇게 얘기하는 얼굴에는 채 억누르지 못한 슬픔이 어려 있었다.

"난 조용한 아이였으니까…… 내 마음을 잘 전하지 못했고 사람들의 호감을 사는 데도 서툴렀다. 하지만 그 일을 겪고 나서는, 그런 나 자신을 바꿔나가야겠다고 생각했어."

쿠로세가 결의에 찬 표정으로 고개를 숙였다.

"사랑받는 여자애가 되지 않으면 행복해질 수 없어. 첫 번째가 아니면 안 된다고. 첫 번째가 되지 않으면 선택을 받지 못하니까."

눈두덩이 부어오르고, 코끝이 빨개지고, 눈썹이 눈물에 젖어도 쿠로세는 부정할 수 없이 귀여웠다. 꼭 그래서는 아니지만, 그녀가 점점 안쓰러워 보이고 이대로 내버려 두면 안 될 것 같은 기분이 들었다.

"혹시…… 그러니까, 반에서 인기를 독차지하려고 시라카와에 대한 나쁜 소문을 퍼뜨린 거야?"

내 질문에 쿠로세는 말없이 고개를 끄덕였다.

"그랬구나……."

그런 사정이 있었다고 해서 그녀가 한 짓이 용서될 거라 생각하지는 않았다.

하지만 이대로 놔뒀다간 쿠로세는 구제할 길 없는 나락으로 떨어질 것이었다.

내가 중1 때 짝사랑했던 쿠로세와 지금의 그녀는 완전히 다른 사람으로 보였다. 하지만 지금 이렇게 눈앞에 있는 그녀가, 이유는 알 수 없어도 그때보다 훨씬 더 진짜 쿠로세 같다는 느낌이 들었다.

아마도 그녀는 그동안 아무에게도 이런 얘기를 털어놓지 못했을 것이다. 모두에게 사랑받는 것이 목표였으니까. 자신의 추악한 면모를 드러내지 않으려 애쓰지 않았을까.

그러니 지금 이 순간 민낯을 드러내고 있는 그녀에게 내가 뭐라도 말을 해줘야 한다고 생각했다.

그녀가 진심으로 반성할 수 있는 계기.

그리고 앞으로 마음의 양식이 될 만한 말을.

“……아버지한테 왜 시라카와를 선택했는지, 물어보긴 했어?”

내가 묻자 쿠로세는 살며시 고개를 끄덕였다.

“물어봤지만, 아버지와 어머니가 상의해서 결정한 일이라고, 자세히는 말해 주지 않았어.”

그리고는 부루퉁한 기색으로 눈을 찌푸렸다.

“하지만 듣지 않아도 알 수 있어. 아버지와 어머니 둘 다 루나를 더 귀여워했어. 둘이서 루나를 두고 싸운 거야.”

“그런 일은…….”

없었을 거라기엔 생판 남인 내가 단언할 주제는 안 되지만.

“……부모님께도 이런저런 고민이나 사정이 있으셨을 거야. 난 아버님이 단순히 더 귀엽다는 이유만으로 시라카와를 선택하시진 않았을 거라 생각해.”

“…….”

쿠로세는 납득하지 못한 얼굴로 제 무릎만 쳐다보고 있었다.

“그리고, 쿠로세 네 방식은 잘못됐어.”

내 말에 쿠로세는 고개를 들었다. 무슨 말을 하려는 거냐는 눈길로 나를 바라본다.

“‘제일 사랑받는 여자애가 되고 싶다’고 생각하게 된 쿠로세의 마음은 이해했어. 하지만 그건 아버지에게…… 쿠로세에게 있어서 특별한 사람에게 선택받고 싶다는 뜻이잖아? 그렇다면 이런 짓을 해봤자 소용이 없지 않을까?”

쿠로세는 뭔가를 깨달았는지 퍼뜩 정신이 든 표정을 지었다.

"쿠로세가 아무하고도 사귀지 않았던 건, 아무도 좋아하지 않았기 때문이지? 좋아하지도 않는 사람에게 사랑받아 봤자, 아버지에게…… 좋아하는 사람에게 선택받지 못한 상처를 치유하기는 힘들지 않을까?"

쿠로세는 눈을 내리깔며 입술을 깨물었다. 북받치는 감정을 애써 억누르는 표정이었다.

"앞으로는 모두에게 첫 번째로 사랑받는 걸 목표로 하기보다는, 쿠로세가 언젠가 진심으로 좋아해 볼 만한 남자를 만났을 때…… 그 사람에게 사랑받을 수 있는 여자가 되는 걸 목표로 삼아 보는 게 낫지 않을까?"

"……."

쿠로세는 잠시 고개를 숙인 채 침묵을 지킨 뒤, 눈을 들어 나를 힐끗 노려보았다.

"……네가 뭘 안다고."

"그야 모르지만…… 쿠로세가, 왠지 나랑 비슷한 것 같아서."

"뭐어?!"

"미, 미안. ……하지만 들어 볼래?"

나는 쿠로세가 빌끈하는 걸 알면서도 꿋꿋이 말을 이었다.

"시라카와는 모두에게 사랑받으려고 의식하면서 행동하지 않아. 그때그때 생각난 걸 입 밖에 내고 자연스럽게 행동하는 것만으로도 많은 사람들에게 좋은 인상을 줄 수 있는 사람이라고. 그건 외모 덕택이 아니라, 원래 갖고 있던 성격이나 타고난 소질이 그런 거라고 생각해.”

시라카와를 보고 있으면 나와는 너무나도 달라서 놀랄 때가 많았다. ‘인덕’이란 이런 걸 두고 하는 말이 아닐까 싶을 만큼.

“쿠로세는 아마 ‘내가 이렇게 말하면 남들이 어떻게 볼지’ 사람들 눈을 신경 쓰고 이래저래 재본 뒤에 행동하는 타입이겠지? 나도 그렇거든.”

그렇기 때문에 생각한 거지만.

“그런 사람이 억지로 무리해서 시라카와처럼 되려고 하면, 계속 발버둥을 쳐야 하니 고통스럽기만 할 거야.”

나로선 도저히 이해할 수 없지만, 쿠로세는 분명 시라카와에게 드는 생각이 많을 것이다. 그녀와 거리가 가까운 만큼 더더욱.

왜 쌍둥이인데 이렇게 다를까 싶겠지.

자기도 저렇게 될 수 있었을지도 모른다는 생각도…….

“너 같은 게 뭘 알아…….”

“그래도.”

뾰로통한 얼굴로 받아치려는 쿠로세를 막으며 나는 말을 이었다.

“시라카와보다 쿠로세가 훨씬 좋다는 사람도 세상에는 많이 있을 거라 생각해.”

쿠로세는 퍼뜩 놀란 얼굴로 입을 다물었다.

“그런 사람들 중에서 좋아할 만한 남자를 발견한다면 쿠로세도 행복해질 수 있겠지.”

쿠로세는 잠시 아무 말이 없었다.

"혹시라도 내 말에 동의한다면…… 이번 일에 대해서 시라카와에게 사과해 줬으면 해."

쿠로세는 여전히 말이 없었다. 좀 더 뭐라고 말을 걸어 볼까 생각한 그때, 고개를 숙이고 있던 그녀가 말을 꺼냈다.

"……알겠으니까, 혼자 있게 좀 내버려 둬."

매우 낙심한 듯 어두운 목소리였다.

그래서 차마 그대로 두고 갈 수가 없었다.

"쿠로세……."

"왜? 위로해 줄 작정이야?"

그렇게 말하며 고개를 든 쿠로세는 삐뚜름한 미소를 지으며 나를 보았다.

"관두지 그래. 날 좋아하지도 않는 주제에. 가서 루나나 위로하든가."

"하지만……."

"괜찮으니까. 루나의 남친에게 위로받을 만큼 바닥까지 떨어지진 않았어. 가라고!"

"……."

더 이상 말을 걸어 봤자 이 상태로는 오히려 역효과만 날 것 같다.

그렇게 생각한 나는 하는 수 없이 발길을 돌려 그 자리를 뒤로했다.

그런 이유로, 나는 듣지 못했다.

아무도 없는 계단에 홀로 남겨진 쿠로세가, 무릎을 끌어안고 나직이 속삭인 말을.

"……그럼 난 또 행복해질 수가 없잖아. 하필이면 제일 그 애를 좋아하는 남자한테, 이런 감정을 느끼다니……."

토라진 듯한 그 얼굴은 살며시 뺨을 붉히고 있었다.

"날 좋아하는 게 아니면, 간섭하지나 말 것이지……."

◇

교실로 돌아가려는데, 활짝 열려 있던 문에서 시라카와가 뛰쳐나왔다.

"류토!"

안을 기웃거리자 교실 안에는 아직 사람이 많이 남아 있었다. 돌아온 내게 흥미진진한 시선을 보내고 있다.

"……이, 일단, 집으로 갈까?"

시라카와에게 그렇게 말한 나는 교실로 들어가 서둘러 가방과 일지를 챙긴 뒤 교무실에 들렀다 그녀와 함께 신발장으로 향했다. 일지에는 한마디밖에 쓰지 못했지만 대신 쿠로세가 착실히 작성해 줬으니 대충 넘어갈 수 있을 것이었다.

"미안, 내가…… 류토한테 마리아 얘기를 미처 못 해서."

시라카와는 둘만 남자마자 말을 꺼냈다.

"마리아는 나랑 쌍둥이인 걸 싫어하거든. 그런데도 굳이 우리 학교에 전학을 온 이유는 모르겠지만…….”

쿠로세에게 어떤 의도가 있었는지는 나도 잘 몰랐다. 시라카와를 괴롭히기 위해서일지도 모르고, 어쩌면…….

“어쩌면 시라카와랑 가까운 곳에 있고 싶었던 걸지도 몰라.”

“뭐……?”

나는 놀란 표정을 지은 시라카와에게 말했다.

“정말로 꼴도 보기 싫은 만큼 미운 사람이었다면, 설령 괴롭히기 위해서라도 같은 공간 안에 있고 싶지도 않았을걸.”

“……하긴.”

시라카와는 고개를 숙이더니 꼭꼭 씹듯이 중얼거렸다.

그리고는 얼굴을 들어 나를 보았다.

“고마워, 류토.”

그렇게 말하며 미소 짓는 귀여운 얼굴은 새삼 인식하고 보자 아주 조금 쿠로세와 닮은 것도 같았다.

“그런데 괜찮겠어? 류토.”

시라카와가 신발을 신고 교사를 나온 뒤 걱정스레 말했다.

“류토, 애들한테 들키는 걸 싫어했잖아.”

“응……, 그렇긴 한네.”

설마 이런 식으로 밝히게 될 줄은 나 자신도 상상해 보지 못했다.

“그래도 그것보다는 시라카와가 오해받은 채로 남는 게 더 싫었으니까.”

내 대답에 시라카와는 눈을 휘둥그레 떴다.

“날, 위해서……?”

나를 응시하는 그 눈동자에 어렴풋이 일렁임이 차올랐다.

시라카와가 울먹이고 있다.

내가 그 사실에 경악하자 그녀가 황급히 손등으로 두 눈을 훔쳤다.

“어, 어라? 왜 이러지?”

딴청을 부리며 얼버무리듯 환하게 웃는다.

“난 바보니까. 안 좋은 소문 같은 건 별로 맘에 담아두지 않는 성격인 줄 알았는데…… 역시, 조금은 마음에 걸렸던 걸까?”

확실히 시라카와는 강한 아이라고 생각한다. 하지만 그런 그녀에게도 근거 없는 악평에 시달리며 매일같이 반 아이들의 호기심 어린 시선을 받아내는 생활은 견디기 쉽지 않았으리라.

“그나저나 그 소문은 대체 뭐였을까? 예전 남친이 나에 대해서 한 얘기가 마리아한테 이상하게 전달된 거려나?”

“……어?”

그 말을 듣고 나는 얼이 빠졌다.

설마.

시라카와는 그 소문이 마리아가 시라카와를 괴롭히려고 퍼뜨린 헛소문이라는 걸 알아채지 못한 건가?

대체 어디까지 착해 빠진 거지……. 너무 순해 빠져서 조금 걱정이 됐다.

그런 그녀에게 더 이상의 얘기를 하는 건 일단 지금은 관두기로 했다.

자매 사이에 일어난 일은 자매 둘이서 해결하는 게 나았다. 쿠로세도 조만간 반드시 시라카와에게 사과할 테니까.

과거에 나를 찼던 미소녀가 쿠로세였다는 건 시라카와에게는 아직 말하지 않았다. 같은 반에 옆자리라 왠지 껄끄러웠던 탓이지만…… 지금은 두 사람이 자매라는 걸 알게 됐으니, 그녀들이 다시 마주 보고 웃을 수 있는 사이로 돌아갔을 때, 언젠가 우스갯소리로 말해 볼까 싶었다.

"……그러게. 이상한 소문이었지."

"류토는 믿지 않았어? 그 소문."

시라카와가 건넨 그 질문에 나는 고개를 끄덕였다.

"믿지 않았어."

"……그치만, 류토는 모르잖아? 사귀기 전에 내가 어떤 사람이었는지."

나는 잠시 고민했다.

"응……. 그래도 내가 좋아하는 사람은 지금 현재의 시라카와니까. 그러니까 과거는…… 상관 않기로 했어."

그건 스스로에게 다짐하기 위한 말이기도 했다.

사실은 그렇게 무 자르듯 털어내지는 못했다. 그녀의 예전 남자 친구들을 생각하면 역시 가슴이 아팠다.

그래도.

"만약 과거의 시라카와가 소문 같은 행동을 했다고 해도, 현재의 시라카와는 전혀 아니잖아. 나는 그런 지나간 과거가 현재 시라카와의 명예에 흠집을 내는 걸 용납할 수 없었어."

진지하게 대답한 내게 시라카와는 살짝 쓴웃음을 지었다.

"뭐, 하지는 않았지만 말이야. 소문 같은 행동은."

"응. 그럴 줄 알았어."

내가 웃으며 고개를 끄덕이자, 시라카와의 얼굴에서 미소가 사라졌다.

그리고 다음 순간, 뺨이 희미하게 붉어진 것이 보였다.

"……류토는 역시 좀 별나."

굳이 되묻지 않아도 그것이 나쁜 의미로 한 말이 아니라는 건 알 수 있었다.

그 증거로 시라카와는 기쁜 듯이 웃기 시작했다.

"고마워, 류토."

그 어느 때보다도 훨씬 사랑스러운 미소를 보고 있자니, 저도 모르게 그녀를 끌어안고 싶어졌다.

그러다 문득 생각했다.

사귀기 시작한 뒤로 오늘까지 나는 시라카와에게 손끝 하나 대지 않았다.

이렇게 어깨가 맞닿을 듯이 가까운 거리에서 나란히 걷고 있어도, 나는 그녀의 체온을 알지 못했다.

그 사실을 깨닫자 사랑스러움이 치솟아 오르는 와중에도 아주 조금 가슴이 답답해지는 것을 느꼈다.

제4.5장
루나와 니콜의 긴 전화

"뭔가 굉장하던데, 오늘……. 루나, 괜찮았어?"

"응, 나는 멀쩡해. 애초에 감출 생각도 없었고."

"너 말고, 여동생 쪽 말이야. 루나에 대해 헛소문을 퍼뜨린 건 인정했어?"

"아……. 실은 방금 전에 있지, 마리아가 우리 집에 전화를 걸어서, 미안하다고 사과해 줬어. 그러니까 이젠 괜찮아."

"뭐? 그렇게 소문을 내고 다녔는데도 그 정도로 용서하는 거야?"

"응, 마리아도 아마 뭔가 착각을 한 걸 테니까."

"으음 뭐, 그건 루나답긴 한데……. 그래서, 쌍둥이라는 건 계속 비밀로 할 거야?"

"응……. 마리아는 알려지는 게 싫을 수도 있으니까. 마리아랑 편하게 대화할 수 있게 될 때까지 니콜 말고 다른 친구들한테는 밝히지 않으려고."

"아무래도 편해지기 힘들겠지? 저쪽이랑은."

"……뭐, 어쩔 수 없지. 마리아는 아버지를 정말 좋아했으니까. 날 여전히 원망하고 있을 거라 생각해."

"그렇구나……. 뭐, 그건 그렇다 치고. 오늘은 다들 엄청 놀랐던데. 루나랑 현 남친이 완전히 예상과 달라서."

"대체 왜들 그럴까? 류토는 좋은 사람인데."

"그렇지. 난 잘 어울린다고 생각해."

"정말? 기뻐~!"

"지금 당장은 말이야."

"……앗, 맞다, 니콜."

"응?"

"다음부터 류토랑 만날 때는 미리 말해 줘야해? 유나한테 사진을 받고는 엄청 놀랐단 말이야."

"엉? 사진이라면 설마 맥●에 갔을 때?"

"응."

"아~, 그거. 유나도 참, 있었으면 말이라도 걸어 주지."

"남자랑 둘이 있길래 그냥 가만히 있었대. 유나도 남친이랑 같이 있었고."

"아니, 아무리 봐도 데이트하는 분위기가 아니었을 텐데. 혹시라도 그 녀석이 연약한 남자면 흠씬 때려 줄 생각으로 가득 차 있었거든."

"그, 그랬어……?"

"……엥? 루나, 설마 질투한 거야?"

"어?!"

"내가 그런 남자를 훔쳐갈 리가 없잖아. 너랑 사귀는 것도 알고 있는데."

“아, 아냐! 그런 게 아니라…….”

“음~?”

“그냥, 미리 말해 줬으면 깜짝 놀랄 일도 없었을 테니까.”

“음~, 그렇구나, 미안해. 생각이 나면 바로 행동으로 옮겨야 직성이 풀려서.”

“이해해~. 나도 그렇고, 딱히 상관은 없지만.”

“뭐, 진짜로 ‘딱히 상관없다’고 생각하는 사람은 일부러 그런 말을 하지도 않을 거라 생각하지만 말이지.”

“응? 무슨 뜻이야?”

“루나, 본인이 생각하는 것보다 훨씬 현 남친을 좋아하게 된 거 아냐?”

“뭐, 뭐가?”

“내가 무단으로 만난 걸 알고는 가슴이 답답해졌지?”

“…….”

“루나한테는 드문 일이잖아. 내가 네 남친을 불러내 잔소리를 하는 게 이번이 처음 있는 일도 아닌데.”

“아……, 확실히.”

“이번엔 오래 가면 좋겠네. 뭐, 그 남자애라면 바람 같은 것도 안 필 것 같으니까.”

“응. 그럴 거라 믿고 있어.”

“뭐, 혹시라도 바람을 피웠다간 내가 진짜로 죽여 버릴 테니까 안심해.”

“아하하, 류토는 괜찮아. 그리고 진짜로 죽여 버리면 안심 못 한다고.”

루나는 웃으면서 말한 뒤 잠시 입을 다물었다. 침대 위에서 무릎을 껴안고 책상 위로 시선을 보낸다.

그곳에는 작게 접힌 버블티 맵이 자리를 잡고 있었다.

“……예전과는 달리 류토랑 있으면 때때로 가슴이 두근거려. 혹시 이런 게 진짜 연애인 걸까……?”

제 5 장

바로 얼마 전까지 나는 시라카와와 사귄다는 사실을 반 애들에게 들키면 큰일이 벌어질 줄 알았다. 신기해하는 눈으로 빤히 쳐다보거나 손가락질을 하며 비웃거나…… 스쳐 지나가면서 욕을 얻어먹는 상상까지도 했다는 뜻이다.

그래서 남자친구라는 걸 밝힌 다음 날 등교해 도착한 교실의 풍경이 놀라우리만치 평소 그대로인 것에 맥이 풀렸다.

굳이 조금 바뀐 게 있다면.

“““안녕, 카시마.”””

그동안 얘기해 본 적 없던 반 여학생들 몇 명이 옆을 스쳐 지나며 인사해 주었다는 점이다.

“아, 안녕…….”

당황하고 있으려니, 그녀들은 우르르 교실 구석으로 몰려가서는 속닥거렸다.

“그동안은 눈에 안 띄어서 몰랐는데, 카시마도 나쁘진 않다.”

“다정해 보이잖아. 못생기지도 않았고.”

“응, 좋은 사람일 게 분명해. 그 시라카와가 선택했잖아!”

드문드문 얻어들은 느낌으론 험담을 하고 있는 것 같지는 않았다.

자리에 앉자 옆자리에 앉아 있던 쿠로세가 내 쪽을 힐끔거렸다.

"어……, 안녕."

어제 그런 일이 있었던 직후라 어색함은 있었지만 눈이 마주쳤기에 인사했다.

"……아, 안녕."

무시당할 줄 알았는데 쿠로세는 작은 목소리로 속삭이듯 인사를 받아주었다. 뺨은 발그레했고, 시선은 부끄러운지 사방을 헤엄치고 있다.

"……?"

역시 쿠로세도 어색한가 보다. 나는 더 이상 말을 걸지 않기로 했다.

하지만 그날 종례 시간.

제출물을 교탁에 모아야 해서 반 아이들이 뒷자리에서 앞자리로 종이를 넘기고 있을 때, 내 자리가 있는 줄의 종이를 다 받은 나는 아직 뒷자리의 종이를 기다리고 있던 옆자리의 쿠로세를 보았다.

"쿠로세."

내가 앉은 줄의 유인물을 건네려고 말을 걸자 내게서 등을 돌리고 있던 쿠로세의 어깨가 움찔거렸다. 하지만 좀처럼 내 쪽으로 고개를 돌리지 않았다.

나는 못 들었나 싶어 그녀의 어깨를 가볍게 툭 쳤다.

"히악!"

그러자 쿠로세는 작게 비명을 지르더니 내 쪽을 돌아보았다.

새빨갛게 상기된 그 얼굴은 치한이라도 당한 것처럼 혼란스러운 기색으로 나를 보고 있었다.

"뭐야, 가, 갑자기 건드리면 어떡해!"

"엇, 미, 미안."

"너 같은 거 정말 싫어!"

"……."

완전히 미움을 산 모양이다.

뭐, 그럴 만도 한가……. 어제 그런 식으로 설교 비슷한 걸 해댔으니……. 그렇게 생각했는데.

제출물을 낸 뒤 선생님이 가정통신문을 나눠주기 시작하고 교실 안이 떠들썩해지자.

"……저기."

놀랍게도, 이번에는 쿠로세가 먼저 말을 걸어왔다.

"응?"

뭔가 싶어 쳐다보자 쿠로세는 나를 힐끔거리더니 귓불을 발갛게 물들였다.

"……미안했다고, 반성하고 있어. 어젯밤에…… 전화를 걸어서 사과했어."

"어?"

내가 대체 뭘? 이라고 순간 고민한 뒤.

"……혹시, 시라카와한테?"

그렇게 묻자 쿠로세는 고개를 끄덕거렸다.

"그러니까……."

쿠로세는 기어들어가는 목소리로 말을 이었다.

"날, 싫어하지 말아 줄래……?"

부끄러운지 빨간 얼굴로 눈을 내리깐 채 말하는 쿠로세를.

"어……?"

아주 잠깐이지만 귀엽다고 생각해 버렸다.

"……."

왜 그런 걸 묻지? 아까 나한테는 '싫다'고 말했으면서. 그런 의구심도 들긴 했지만.

이 아이는 사람들에게 사랑받는 걸 목표로 노력해 온 아이니까. 어제 같은 일이 생기는 바람에 내가 자기를 싫어할지도 모른다고 생각하니 참을 수 없었던 거겠지.

그렇게 이해하고는 납득했다.

"걱정 마, 싫어하지 않으니까."

내가 대답하자 쿠로세는 순간 내 쪽을 보며 울 것 같은 표정을 지었다.

그 말을 끝으로 그녀는 아무 말도 하지 않고 내게서 얼굴을 돌리더니 몸을 정면으로 향하고는 고개를 숙였다.

"……엥……?"

내가 잘못 대답한 건 아니지?

하지만 어느 쪽이든 더 이상은 내 쪽에서도 뭐라 할 말이 없었다.

나는 한동안 쿠로세를 가만히 내버려 두기로 했다.

시간이 지나면 이 어색함도 사라지고 평범한 반 친구로 대할 수 있게 되겠지.

나는 그렇게 되면 좋겠다고 생각하며, 나눠 받은 유인물을 가방에 넣고 하교할 준비를 시작했다.

◇

그 뒤 며칠 학교생활을 보내 보고 알게 된 것은, 사람들은 의외로 남의 일에 신경을 쓰지 않는다는 점이었다.

하루는.

시라카와가 쉬는 시간에 불쑥 내 자리로 찾아왔다.

"안녕, 류토."

"아, 안녕……."

들켰으니 상관없을 거라고 생각했나. 여태껏 학교에서는 거의 얘기를 나눈 적이 없어서, 남들이 어떻게 볼지 신경이 쓰이고 긴장이 됐다.

"이것 봐, 네일. 어제 직접 한 거야!"

시라카와가 교칙 위반감이 분명한 반짝반짝한 손톱을 보여 주었다. 나는 주위의 시선이 마음에 걸려 안절부절못했다.

하지만 뜻밖에도 사람들의 반응은 미적지근했다.

당연히 멀리서 이쪽을 힐끔거리며 지켜보는 사람들은 있었다. 하지만 반 아이들 대부분은 자기 일에 정신이 팔려있었다.

"……뭐, 그것도 그런가."

나는 대체 뭘 두려워했던 걸까. 타인이란 어차피 그런 것인데.

"아이 참, 제대로 봐 줘!"

딴 생각을 하고 있는 내 눈앞에서 시라카와가 집요하게 양손을 내밀었다.

"어, 어어, 미안."

그래서 나는 다시 그녀를 보았다.

"어때? 귀엽지 않아?"

시라카와의 손은 여자애답게 가늘었고 손가락과 손톱이 길쭉하니 예뻤다.

내가 만약 닳고 닳은 선수였다면, 이럴 때 멋지게 손을 잡고 '정말이다, 귀엽네.' 같은 대사를 날렸겠지. 스킨십도 쉽게 달성했을 거다.

하지만 아무리 생각해 봐도 그건 내 캐릭터가 아니었다. 가능할 것 같지도 않고 할 엄두도 안 났다.

"……왜 그래? 이런 네일 싫어해?"

내가 너무나도 험악한 표정으로 시라카와의 손을 응시했던 탓인지, 시라카와도 의아한 표정을 짓고 말았다.

"아~ 아니, 괜찮은 것 같아. 잘 어울려."

황급히 대꾸하자 시라카와는 활짝 핀 꽃처럼 미소를 지었다.

"다행이다! 제법 잘 됐지? 니콜한테도 칭찬 받았어."

시라카와는 득의양양하게 말하더니 비로소 만족했는지 같이 노는 여자애들 그룹으로 돌아갔다.

그와 동시에 나를 힐끔거리던 반 아이들 몇 명도 흥미를 잃은 듯 시선을 돌렸다.

이처럼 주변에서 수군거리는 말들은 겁을 집어먹을 정도로 심각하지 않았지만.

스킨십 문제는 해결할 길이 없어 내 속에 답답함을 남기게 되었다.

시라카와를 소중히 여기고 싶다는 마음에는 변함이 없다. 그래서 당장 섹스를 하고 싶다는 그런 성급한 생각은 하지도 않았다. 아니, 그렇다고…… 하기 싫다는 건 아니지만.

다만 혹시라도 시라카와가 전보다 나를 좋아하게 되었다면, 그에 맞는 스킨십을 하고 싶었다.

그렇게 에둘러 말하고 있지만…….

까놓고 말해서, 키스를 하고 싶었다!

시라카와와 키스…… 상상만 해도 코피가 나올 것 같다.

하고 싶다. ……키스를 하고 싶어!

하지만 어떻게 해야 좋을지 전혀 모르겠어!

대체 어떤 테크닉을 써야 그런 전개로 끌고 갈 수 있을까……. 로맨스 드라마 같은 데서는 문득 시선을 마주친 두 사람이 이끌리듯 입술을 포개지만, 그런 순간이 기다린다고 찾아와 줄 것 같지는 않았다.

요 며칠을 밤에 잠도 제대로 못 자고 끙끙거리며 그 생각만 했더니 당장이라도 픽 쓰러질 것 같았다.

이런 욕망을 시라카와에게 직접 터뜨릴 수는 없었다.

기껏 멋지게 '시라카와를 소중히 여기고 싶다'며 호언장담까지 했는데, 역시 몸이 목적이었다고 생각할 만한 짓을 하고 싶지는 않았다.

세상의 커플들은 다들 어떻게 그렇게 자연스럽게 스킨십을 하는 걸까? 뭘 계기로? 어떻게?

이럴 때 누구한테 의논이라도 할 수 있으면 좋을 텐데.

그런 생각이 들 때 나한테는 역시 그 녀석들밖에 없는 것이었다.

◇

점심시간, 언제나처럼 셋이서 도시락을 까먹고 있을 때였다.

"……캇시."

잇치가 갑자기 젓가락을 내려놓았다.

"엉, 왜 불러."

일단 먹기 시작하면 바닥날 때까지 도시락 통을 손에서 놓지 않는 잇치가, 세끼 밥보다 밥을 좋아하는 잇치가, 도시락의 내용물을 절반 이상 남긴 채 식사를 중단하다니.

그렇게 생각하며 지켜보는데, 잇치가 난데없이 고개를 숙였다.

"미안했어! 시라카와와 사귄다는 거, 믿어 주지 않아서."

깔끔하게 사과하며 어깨를 축 늘어뜨렸다.

"사실 분하기도 해서 안 믿으려고 했어. 하지만 며칠 전의 시라카와랑 널 보니까 나라도 믿어 줘야겠다는 생각이 들더라고. 우린 친구잖아. 너희 정말로 사귀고 있었구나. 잘됐어. 사실 엄밀히 말하자면 내가 억지로 고백하게 시킨 건데도 말이야."

"잇치……."

그날 이후로 며칠 동안 계속 그게 마음에 걸렸던 모양이다.

눈물이 핑 돌려는데, 옆에 앉은 닛시가 팔짱을 꼈다.

"난 사과 안 한다."

닛시는 완고한 가장처럼 말하며 나를 힐끔 노려보았다.

"우리가 아무리 못되게 굴어 봤자 어차피 휴일에는 시라카와랑 깨를 볶을 거라고. 확 폭발하면 좋을 텐데!*"

"닛시……."

하지만 내가 닛시와 같은 처지였어도 이런 독설을 내뱉지 않았으리라고는 장담하기 힘들었다. 잇치가 지나치게 착한 녀석인 거다.

하지만 그런 잇치가 여기서 난데없이 나를 추궁하기 시작했다.

"그래서, 한 거야? 사실은 벌써 했지? 눈 딱 감고 말해 봐!"

"헐, 갑자기 왜 이래?!"

눈에 핏발이 섰잖아! 너는 착한 녀석 아니었어?

"아니, 그게 말이지……."

거기서 나는 두 사람에게 한창 고민 중인 문제를 털어놓았다.

"……오호라. 시라카와랑 키스를 하고 싶지만 어떡해야 좋을지

* 일본어 슬랭에서는 현실 연애하는 커플 염장이 눈꼴시다고 말할 때 '리얼충 폭발해라'라는 표현을 쓴다.

모르겠다. 그래서 일단 손을 잡는 것부터 시작해 보고 싶은데, 조언을 해 달라, 이 말이군."

잇치는 지쳐서 축 늘어진 모습으로 중얼거렸다.

"그걸 하필이면 우리들한테 의논하다니……."

닛시도 시합을 마치고 새하얗게 불태운 복서 같았다.

"미, 미안. 하지만 달리 의논할 만한 사람이 없어서……."

쩔쩔매며 사과하자, 두 사람은 얼굴을 마주 보더니 하아 한숨을 내쉬었다. 그리고는 각오를 다진 얼굴로 나를 보았다.

"……하는 수 없지. 우리의 두뇌를 합쳐서 캇시를 남자로 만들어 주자고."

"음. 시라카와와 손뿐만 아니라 마음도 꽁꽁 연결할 작전을 짜 보자고."

너희들……!

"고마워! 덕분에 살았어."

하지만 두 사람의 경험치도 나와 별다를 게 없었다. 동정 셋이 모인다고 플레이보이의 지혜가 나오지는 않았다.

"'나 손금 볼 줄 아는데.'는 어때?"

"새빨간 거짓말이잖아. 손금을 모르는데 손을 어떻게 봐."

"적당히 둘러대면 몰라."

"시라카와한테 거짓말은 하고 싶지 않아."

"그럼 '아~ 춥다! 손이 시려서 얼어붙을 거 같아.'라고 말해 보면?"

"빙빙 돌려서 말하는 게 더 기분 나빠! 그냥 수족 냉증이라고 광고

하는 것 같다고!"

"그냥 직설적으로 '손을 잡자.'는?"

"그걸 말할 수 있었으면 상담을 하지도 않았지……."

"이건 이래서 안 된다 저건 저래서 안 된다 시끄러운 녀석이네."

잠시 생각의 흐름대로 대화를 나눈 결과 전원의 아이디어가 고갈되고 말았다.

"아~ 이젠 나도 모르겠다!"

닛시가 첫 번째로 내던졌고, 잇치도 두 손을 들며 하늘을 우러러보았다.

"내 말이, 그만 포기하련다! 내가 여자애랑 손을 잡을 것도 아니고 말이야."

토라진 얼굴로 투덜거리며 성대하게 한숨을 내쉰다.

"그걸 어떻게든……."

"싫어, 정말 아무 생각도 안 나니까. 혼자 힘내서 고민해 봐."

"아까는 일단 허세를 부려 봤는데, 난 계속 부러워 죽기 직전이었어. 피오줌이 나올 것 같다고."

두 사람은 초췌해진 표정으로 말하며 내게서 떠나가려 했다.

"여친도 있는 녀석은 알아서 하게 내비려두고, KEN이 새로 올린 영상이나 보러 가자,"

그렇게 말한 닛시의 말을 들은 그때였다.

"KEN의 영상……."

나는 머릿속에서 뭔가가 번뜩이는 것을 느꼈다.

"맞아, KEN이야."

이거라면 나도 할 수 있을지도 모른다.

"고마워, 둘 다!"

어리둥절해하는 두 사람에게 감사 인사를 한 뒤, 나는 자리에서 일어났다. 조용한 곳에서 생각을 정리하고 싶었기 때문이다.

마땅히 갈 곳이 없어서 화장실로 향하며 나는 생각했다.

KEN의 플레잉에서 힌트를 떠올린 것이다.

배틀로얄풍 슈팅게임에서 KEN은 종종 적 플레이어를 본인이 생각해 둔 궤도로 유인해 그곳을 공격했다. 과거에 프로게이머였던 만큼 에임이 매우 정확해서 적을 장애물이 없는 곳으로 끌어낼 수만 있으면 백발백중이었던 것이다.

그와 유사하게 하면 되지 않을까? 즉, 먼저 손을 잡으려고 드는 게 아니라 시라카와가 직접 손을 내밀 수밖에 없는 상황을 조성하는 거다.

하지만, 어떻게?

맨 처음 생각한 건 유령의 집이었다. 하지만 바로 고개를 내저으며 기각했다.

시라카와는 귀신 종류는 무섭지 않은 듯했다. 어젯밤에도 외국 호러 영화를 보고 있었다고 라인으로 말했다.

그렇다면 남은 건 물리적인 공략밖에 없었다. 요컨대 '발밑이 불안정한 장소로 데려가는' 것이다.

제일 효과적인 건 흔들다리 같은 곳이겠지만, 이 근처에 그런 게 있을 것 같지는 않다. 데이트 장소로도 현실적이지 못했다.

길 앞을 가로막을 만큼 커다란 물웅덩이도 좋겠지만, 이 경우는 흔들다리보다 위치를 파악하기 어려웠고 검색할 방법도 없었다.

이런저런 방법들을 궁리해 본 끝에, 마침내 괜찮은 생각을 떠올렸다.

"연못이다."

연못에서 보트를 타는 거다. 타고 내릴 때 발밑이 불안정해지는 절호의 기회가 찾아온다.

게다가 보트는 데이트라는 상황에도 자연스럽게 어울렸다.

완벽하다.

"좋았어—!"

나는 남자 화장실 칸에서 저도 모르게 기합을 내질렀다. 곧바로 정신을 차리고는 창피해져서 그 뒤로 몇 분 간 밖으로 나갈 생각을 하지 못했던 것이었다.

◇

"있지, 류토! 같이 집에 가자~!"

그날 방과 후, 시라카와가 내 자리로 다가왔다.

"어……?!"

당황하는 내 얼굴을 시라카와는 눈만 들어 기웃거렸다.

"안 돼~? 사귀는 것도 다 들켰는데, 이제 가끔은 되지 않아?"

"으, 응, 되기는 한데……."

"그럼 가는 거다!"

시라카와는 기쁘게 말했고, 우리는 같이 하교하게 됐다.

"야마나는? 같이 안 가도 돼?"

"니콜은 오늘 알바거든. 밤에 전화할 거니까 괜찮아."

"알바라니, 무슨 알바를 하는데?"

"선술집."

"흐으음. 왠지 그럴싸하네."

"처음엔 패밀리 레스토랑에 면접을 보러 갔는데, 네일이랑 머리색 때문에 안 된대서 그냥 나왔대."

"그랬구나."

"니콜이 알바 하는 날은 늦게 집에 오니까 전화도 늦은 밤에나 하게 돼."

아하, 불금 심야의 긴 전화는 그래서였구나.

"시라카와는 알바 같은 거 안 해?"

"난 안 하려고~. 니콜 얘기를 듣다 보면 진상 손님 때문에 스트레스만 받을 것 같아. 할머니가 가끔씩 용돈을 줘서 그걸로 어떻게든 지내고 있어."

"그렇구나."

그러자 시라카와가 내 얼굴을 물끄러미 쳐다보았다.

"……음, 혹시, 나도 뭔가 알바를 했으면 좋겠어?"

"아니, 그런 건 아닌데……."

머릿속으로 시라카와가 알바복을 입은 모습을 슬쩍 상상했을 뿐이다.

"케이크 가게 유니폼 같은 것도 시라카와한테 잘 어울릴 것 같아서."

그 말을 들은 시라카와가 눈을 동그랗게 떴다.

"아~, 그쪽? 그나저나 케이크 가게라니! 류토는 귀여운 쪽을 좋아하는구나~?"

"엇, 아, 아니!"

놀리듯 건넨 말에 급 창피함을 느낀 내가 허둥거렸다.

"따, 딱히 취향이라든가 그런 게 아니라!"

"프릴이 달린 에이프런 같은 거? 메이드처럼? 알기 쉽다~!"

"오, 오해……!"

"어쩐지~! 그래서 갸루 옷에 관심이 없었구나!"

시라카와는 완전히 놀리는 데 재미를 들린 기색이었다.

"그런 게……!"

"뭐 어때, 그렇게 부끄러워할 것 없어."

"나, 나만 그런 게 아냐! 남자의 로망이라고……!"

"오~, 이제야 자백했네!"

과장된 리액션으로 말하며 시라카와는 씩 웃었다.

"그렇단 말이지~, 후후후."

약점을 쥔 것처럼 소곤대는 그녀에게서 화끈거리는 얼굴을 돌리며 나는 수치심에 침묵했다.

시라카와에게 취향을 들킨 게 부끄러웠다.

하지만 이렇게 별것 아닌 화제로 시라카와와 노닥거리는…… 이 시간이 정말로 커플이라는 실감이 들어 기분은 좋았다.

요즘은 시라카와와 함께 있어도 전보다는 크게 긴장하지 않게 됐다.

처음에는 반에서 인기가 많은 시라카와와 과연 통하는 화제가 있을지 걱정했기에, 지금 이렇게 무리 없이 대화를 나누고 있는 것이 신기했다.

대차게 놀림을 당한 건 의도한 바가 아니지만……. 나는 그렇게 생각하며 이 흐름을 틀 만한 화제를 찾았다.

그러다 문득, 오늘 아침 쿠로세가 했던 말을 떠올렸다.

"그러고 보니…… 쿠로세가 전화를 했다며?"

내 말에 시라카와는 살짝 표정을 굳혔다.

"응……, 사과해 줬어. 난 이미 상관없지만. 그보다는 마리아와 다시 친해지고 싶은데 말이야……."

"그러게……."

그렇게 되려면 아직 좀 더 시간이 걸리겠지만…….

"얼른 그런 날이 오면 좋겠다."

관계를 회복했으면 하는 마음은 진심이었다.

역에 도착해 같은 전철을 타고 당연하다는 듯이 시라카와의 집과 가장 가까운 역에서 같이 하차했다.

"류토, 오늘 시간 돼?"

시라카와의 물음에 나는 고개를 끄덕였다.

"응."

그러니까 집까지 데려다줄게, 라고 말하려던 그때, 시라카와가 내 팔을 잡아당겼다.

"엇……."

가슴을 두근거린 내게 시라카와가 사랑스러운 얼굴로 웃었다.

"그럼, 잠깐 다른 곳에 들렀다 가자!"

팔을 잡아당긴 건 아주 찰나로, 심지어 교복 셔츠 위로 만진 것이었지만.

시라카와가 날 만져 줬어…….

그렇게 생각하자 뺨이 달아오르고 가슴이 홧홧해지더니.

그 뒤로 잠시간 심장이 시끄럽게 뛰었다.

시라카와가 나를 데려간 곳은 역 근처에 있는 쇼핑몰이었다. 1층에는 유명 체인점 식당이 있고 위층에는 생활 잡화와 패션 브랜드가 입점해 있는, 흔한 쇼핑몰이었다.

시라카와는 그 건물의 가장 위층인 5층 한 귀퉁이로 나를 데려가더니 걸음을 멈췄다.

"다 왔다, 여기야!"

그녀가 가리킨 곳은 진열장처럼 벽 한 면이 통유리로 되어 있었다. 그 안에는 가로세로 제각각으로 여러 개의 부스가 자잘하게 나뉘어 있었고, 그 안에 동물이 한두 마리씩 들어가 있었다.

"펫숍이야?"

"응!"

시라카와는 눈을 빛내며 고양이가 있는 부스로 달려갔다.

"귀엽지~! 힐링이 따로 없다니까~! 나도 할머니가 알레르기만 아니셨으면 키웠을 거야~."

진열장에는 개도 있었지만 시라카와는 고양이 앞에서 꼼짝도 하지 않았다.

"시라카와는 개보다 고양이를 좋아해?"

"응! 개도 귀엽긴 하지만~!"

내 질문에 대답하며 시라카와는 다시 유리창에 달라붙었다.

"이것 봐, 이 애 귀엽지 않아? 이제 좀 있으면 떠날 거라서 요즘 자주 보러 오고 있어."

시라카와가 가리킨 것은 정면에 있는 회색 먼치킨 아기 고양이였다. 가격표 부분에 '새로운 가족이 정해졌습니다'라는 카드가 붙어 있었다.

"여기에 자주 와?"

"응, 내가 좋아하는 곳이야! 루틴? 같은? 그래서 류토랑 같이 오고 싶었어."

유리에 두 손을 댄 채로 시라카와가 나를 보았다.

"류토가 그랬지? '시라카와가 좋아하는 걸, 나도 좋아하게 돼 보고 싶었다'고. 그거, 왠지 기분이 좋았어~."

“어…….”

그건 분명…… 내가 버블 밀크티 가게를 닥치는 대로 조사했던 생일 데이트 때 한 발언이었다.

기억해 주고 있었구나.

“그래서, 왠지…… 내가 좋아하는 걸, 류토한테 잔뜩 가르쳐 주고 싶다는 생각이 들었어.”

시라카와는 그렇게 말하며 살짝 멋쩍게 웃었다.

내가 한 말을 제대로 기억해 준 것만으로도 기쁜데, 그런 말까지 해주다니.

감격으로 가슴이 뜨거워졌다.

“자 여길 보렴~, 착하지~.”

유리창 너머로 화려한 네일이 달린 손가락 끝을 고양이 낚시대처럼 빙빙 돌리며 고양이를 어르는 시라카와는 평소보다 더 귀여워 보였다.

딱히 별 이유 없이 ‘갸루’와 ‘동물’은 어울리지 않는다는 편견을 가지고 있던 내게 그 조합은 의외로 신선하게 다가왔다.

“……시라카와는 혹시 동물을 좋아해?”

시험 삼아 물어보자 시라카와는 내 쪽을 보며 고개를 끄덕였다.

“응. 그래도 제일 맘에 드는 건 역시 고양이지만! 말을 듣고 보니 동물이라면 다 좋은 것 같기도 하고~? 사자도 고양이를 닮았으니까? 아니다, 호랑이였나?”

“그럼…….”

나는 의도한 대로 대화가 전개된 것에 가슴을 두근거리며 말했다.

"다음에 동물원에 가보지 않을래?"

"어?"

시라카와는 순간 놀란 얼굴을 했지만.

"갈래!"

이내 기운차게 그렇게 대답했다.

"와, 동물원 하니까 되게 옛날 생각난다. 중1 때 사회과 견학으로 가고 처음인가? 왠지 흥분돼!"

눈을 반짝이며 기뻐하는 그녀를 보면서, 나는 뜻하지 않게 생각대로 일이 진행되는 것에 속으로 승리의 주먹을 꾹 쥐었다.

시라카와와 동물원으로 가려는 데는 다 이유가 있었다.

다음번 데이트 때 나는 시라카와와 손을 잡을 것이다. 슬슬 그 정도 스킨십은 해도 될 것 같은 기분이 들었다.

그러려면 앞서 세운 계획대로 보트에 태울 필요가 있었다.

바로 보트를 타자고 할 수도 있었지만, 너무 평범해서 데이트의 메인 이벤트로 삼기엔 무리가 있었다. 자칫하면 '갑자기 웬 보트?'란 말을 들을 가능성이 컸다. 일단 큰 공원으로 데려가기에도, 시라카와가 그런 친환경적인 데이트 코스에 관심을 보일지 미지수였다. 어떻게 꼬셔볼까 고민하던 찰나, 마침 동물 얘기가 나온 걸 이용해 동물원으로 약속을 잡는 데 성공했다.

이 주변에서 동물원이라고 하면 먼저 떠오르는 건 우에노 동물원이다.

같은 우에노 공원 부지 내에 큰 연못이 있고, 돈을 내면 누구나 보트를 탈 수 있었다. 동물원을 구경한 뒤 자연스럽게 데리고 가는 것도 가능하다.

완벽하다.

남은 건 당일에 보트를 타려던 시라카와가 휘청거리다 날 붙잡으려고 하는 타이밍에 살며시 손을 잡는 것뿐이다.

그렇게 생각하던 그때.

"있지, 류토는 말이야, 뭘 좋아해?"

고양이 구경을 마쳤는지 만족스러운 기색의 시라카와가 고양이보다 사랑스러운 얼굴로 나에게 물었다.

"어?"

무슨 소리인가 싶어 마주 쳐다보는 내게서 시선을 돌리며 시라카와는 살짝 부끄러워했다.

"나도, 알고 싶어졌어. 류토가 좋아하는 거. ……가르쳐 주면 안 돼?"

그녀가 수줍게 웃으며 말했다.

"류토가 좋아하는 걸 나도 좋아하게 되고 싶어."

뭐……?

"시라카와……."

가슴이 뭉클 달아오르고 사랑스러움이 솟구쳤다.

동시에 가슴을 펴고 남에게 말할 수 있을 만큼 좋아하는 것이 없는 스스로가 몹시도 창피해졌다.

“류토가 좋아하는 건 뭐야?”

“어…… 으으음…….”

말을 어물거리자 시라카와는 의아한 듯이 물었다.

“류토는 시내로 나갔을 때도 딱히 하고 싶은 건 없다고 했지? 그럼 쉬는 날엔 뭘 하는데?”

“그게…… 딱히 남에게 말할 수 있을 만한 건 아무것도…….”

게임 실황 영상을 보는 게 취미라니, 딱 봐도 음침해 보여서 부끄러웠다. 그런 생각을 하는데 시라카와의 미간에 주름이 잡혔다.

“그럼 말할 수 없는 일을 하는 거야? 나쁜 짓을 하고 있는 건 아니겠지?”

“엇, 다, 당연하지.”

허둥거리며 대꾸하자 시라카와는 탐색하듯이 내 얼굴을 들여다보았다.

“그럼 얘기해 줘도 되지 않아?”

“하지만…….”

“알겠다! 야한 짓이지?”

“아, 아냐!”

초조해진 나는 체념하며 자백했다.

“……게임 실황 영상을 보는 걸 좋아해.”

시라카와는 그 말을 듣더니 눈을 휘둥그레 떴다.

“실황 영상? 게임을 하는 거랑은 달라?”

"다른 사람이 게임 하는 걸 찍은 영상이야."

"그게, 재미있어?"

시라카와가 어리둥절한 얼굴로 묻는다. 바보 취급을 하고 있다기보다는 정말로 잘 몰라서 그러는 눈치였다.

"으, 응. 나보다 훨씬 잘하는 사람이나 토크가 재밌는 사람의 플레이를 보면 즐겁거든."

"아~ 왠지 좀 알 것 같아! 게임 센터에서 엄청 잘하는 사람이 하고 있으면 계속 쳐다보게 되잖아. 재밌지."

시라카와의 커뮤니케이션 능력은 과연 대단했다. 전혀 본인 영역의 얘기가 아닌데도 순식간에 공감해 주었다. 단순한 나는 그것만으로도 기분이 좋아졌다.

"맞아, 그런 느낌이야. 잘하는데다 말까지 웃기게 하는 사람 건 엄청 재밌어서 계속 보게 돼."

"오~, 그 실황 말이지? 특히 좋아하는 사람이라도 있어?"

"응, KEN이라는 사람인데, 전직 프로게이머라 게임을 엄청 잘해."

"그렇구나."

시라카와가 진지하게 들어 주자 뭔가의 스위치가 눌린 것처럼 말이 술술 흘러나왔다.

"KEN의 대단한 점은 다양한 게임을 잘한다는 거야. 자기가 프로게이머였던 건 슈팅 계열 게임인데도 건축 게임이나 인랑 게임 같은 게임까지 잘해."

"인랑……?"

시라카와가 어리둥절한 표정을 짓고 있었기에, 나는 즉시 설명을 덧붙였다.

"인랑 게임이라는 건 사람인 척 인간들 속에 섞여 있는 인랑…… 거짓말쟁이를 찾아내는 게임이야. 원래는 보드게임인데, 플레이어들한테는 처음에 랜덤하게 카드가 배정되고, 거기에 자기의 직업…… 인랑이라든가, 인랑을 찾아낼 수 있는 점술사라든가, 평범한 마을 사람 같은 게 적혀 있어. 만약 인랑이 되면 그건 다른 사람들한테는 비밀로 하고 마을 사람처럼 행세해야 해. 인랑이라는 의심을 받으면 투표로 표를 모아 처형되니까. 여기서 KEN의 대단한 점은 그 게임의 정석이나 왕도 공략법에 국한되지 않고, 물론 시스템의 룰에 따르지만 그걸 빼고는 완전히 자유로운 발상으로 상황에 따라 가장 좋다고 생각되는 방식을 자기 머리로 고안해서 다른 사람들을 설득하며 플레이해 나간다는 거야. 그건 쉽게 되는 일이 아니거든. 직접 실제로 플레이해 보면 알겠지만, 해야만 하는 것들로 머리가 가득 차서 전략까지 챙길 여유가 없다고 할까? 아, 해야만 하는 것들이란 건 인랑의 경우엔 거짓말을 하는 건데, 이게 죄책감도 느껴져서 좀처럼……."

그러다 퍼뜩 정신이 들었다. 혼자서 너무 주절거렸다. 버블 밀크티 가게 때와 마찬가지였다. 그때 했던 반성이 떠올라 그보다는 좀 더 일찍 말을 끊을 수 있었던 것이 불행 중 다행이었다.

"아, 미안. ……잘 모르겠지?"

"으으음."

시라카와는 애매한 미소를 지었다.

"실제로 구경해 보고 싶어, 류토가 본다는 실황 영상. 그러면 알 것 같아. 보여 줄래?"

"무……, 물론이지!"

바로 펫숍을 떠난 우리들은 관내의 휴게용 벤치에 앉아 KEN의 영상을 보기 시작했다.

"와, 완전 대박이다! 이거 방금 얘기한 사람이 쏘고 있는 거야?"

"맞아."

"엄청 잘 맞네! 이 게임 재밌어 보여."

"그게, 실제로 해 보면 좀처럼 잘 안 돼."

"그래? 쉬워 보이는데."

"그래서 KEN이 대단한 거야."

"그렇구나!"

그런 얘기를 나누며 나는 고민에 고민을 거듭해서 처음 보는 사람이 봐도 재밌을 만한 KEN의 영상을 몇 개인가 골라 시라카와와 함께 관람했다.

그리고 그 뒤 시라카와를 집으로 바래다주러 가고 있을 때였다.

"류토는 아는 게 많구나."

길을 가는 도중에 시라카와가 불쑥 그렇게 말했다.

"아까 본 영상의 사람이 이런저런 용어를 썼잖아? 그걸 전부 기억하고 있는 거지?"

"응, 뭐…… 그래도 그렇게 어려운 용어들은 아냐. '치터'는 치트…… 그러니까 얌체 짓을 하는 플레이어를 말하고 '고스팅*' 같은 건 그 치트 행위의 한 종류니까."

"흐으음……? 그래도 난 머리가 아프던걸. 류토는 대단해."

"고마워. 하지만 관심이 있는 거라 기억할 수 있었어. 시라카와도 패션 용어 같은 걸 많이 알고 있잖아. 그, 늘 입고 있는 어깨가 파인 옷이라든가……."

"아~ '오프숄더'?"

"그리고, 그, 잼처럼 끈적끈적한 립스틱도……."

"'립 틴트' 말이지?"

"맞아. 쇼핑하러 갔을 때 설명해 줬는데도 난 전혀 기억을 못 하겠더라. 그건 내가 여자 패션에 관심이 없어서겠지. ……아무리 사귀는 사이여도, 상대방의 취향에서 관심을 갖지 못하는 부분은 있어도 되지 않을까? 서로."

"엥~?"

하지만 시라카와는 불만스레 말했다.

"그치만 류토는 나한테 다가와 줬는데? 버블 밀크티 가게에 대해서 나보다 자세히 조사해 줬잖아."

"그건 타피오카 버블 음료가 맛있었기 때문이야. 맛없다고 생각했으면 그렇게 조사해 볼 마음은 들지 않았을걸."

"하지만, 그래서 나도 뭔가 조금쯤은 내 쪽에서 다가가고 싶다고.

* 고스팅 : 넷상에서 라이브 방송을 보면서 게임에 참가해 플레이어를 공격함으로써 전황을 자신에게 유리하게 진행시키는 부정행위를 말한다.

류토가 좋아하는 걸 나도 이해하고 싶어."

빰을 부풀리며 말하는 시라카와의 모습에 나는 소녀처럼 가슴이 뭉클해졌다.

"고마워……."

시라카와에게 이런 말을 다 듣다니, 나는 세상에서 제일 행복한 사람이다.

"그 마음만으로도 충분해. 시라카와가 내가 좋아하는 영상을 같이 봐 준 것만으로도, 정말 기뻤어."

눈을 마주친 시라카와는 내 미소에 이끌리듯 미소를 짓긴 했지만.

"음……."

그 뒤 집으로 도착하는 내내 왠지 모르게 떨떠름한 표정을 짓고 있었다.

◇

그리고 다음날.

"류토!"

아침에 교실로 들어오자 이미 등교해 있던 시라카와가 내 쪽으로 달려왔다.

"어쩐 일이야?"

"있지, KEN의 '바람 시리즈'란 영상 봤어? 그거 엄청 재밌었어! 뒷

내용이 궁금해서 3시가 넘도록 봐버렸지 뭐야~!"

"엇……."

KEN은 영상만으로 생계를 유지하는 프로 유튜버라, 리스크 분석을 위해 다양한 종류의 영상을 업로드 하고 있었다. 시라카와가 말한 '바람 시리즈'는 기이한 행동을 하는 여자친구한테서 바람을 피운 증거를 수집해 제출하는 연애 노벨 게임 실황 영상이었다. 확실히 나도 한때 나름대로 재밌게 봤다.

"그거, 되게 옛날에 올라온 영상인데. 용케 찾았네."

놀라서 말하자 시라카와는 뿌듯하게 미소를 지었다.

"나도 이해할 수 있을 것 같은 게임을 찾아서 거슬러 올라갔지. 완전 힘들었어~! KEN은 영상을 너무 많이 찍어!"

"그야 하루에 네다섯 편씩 올리니까."

"우와~ 그 정도면 아예 직업인데?"

"직업 맞아."

웃으며 말하는 나에게 시라카와도 "그렇구나." 하며 웃었다.

"좋겠다~! 멋진 인생이네. 나도 좋아하는 화장품을 얘기하는 유튜버가 되고 싶어."

"시라카와라면 정말 될 수 있을 것 같은데."

"그런데 조회수는 막 제로로 뜨고~."

"걱정 마, 내가 볼 테니까 천까지는 갈 수 있을 거야."

"헐, 엄청 봐 줄 거구나, 류토."

기뻐~! 그렇게 말하며 웃는 시라카와를 보자 오히려 내가 기쁨에 가슴이 찡하게 달아오르는 듯했다. 감격한 나머지 눈물이 나오기 직전 같은 기분이다.

시라카와가 KEN의 방대한 영상 중에서 본인 취향의 게임 실황 영상을 찾아 푹 빠져 주었다. '바람 시리즈'는 이제 업로드 되고 있지 않으니 시라카와의 KEN 붐은 며칠 내로 끝나 버릴 것이었다.

하지만 이렇게 시라카와와 KEN에 대해 얘기할 기회를 얻었다는 것이 꿈처럼 기뻤다.

어떡하지.

날마다 시라카와를 좋아하는 마음이 더욱 커져만 간다.

동시에 그녀를 만지고 싶은 열망에 가슴이 답답해져서.

주말 데이트가 빨리 오기만을, 진심으로 기도했다.

◇

그렇게 돌아온 일요일, 나는 시라카와와 동물원으로 놀러 나왔다.

"헉~ 대박! 올빼미 목 징그러워! 저러다 부러지는 거 아냐?!"

시라카와는 입구 근처에 있던 올빼미의 목이 180도 이상 돌아가는 것을 보더니, 바로 흥분해 방방거렸다.

"팬더 보자! 팬더! 우와~! 왠지 엄청 인기 많아 보여!"

팬더를 구경하려고 선 줄을 보며 한바탕 호들갑을 떨다가.

"……팬더, 왠지 꾀죄죄했어~. 그리고 되게 크지 않았어? 아기가 아니었나 봐…….”

실제로 본 팬더가 예상과는 달라서 조금 시무룩해졌다가.

“와~ 호랑이 귀여워! 있지, 역시 고양이랑 닮지 않았어?! 저 무늬 완전 예쁘다! 저런 무늬 원피스를 입고 싶어!”

벵갈 호랑이 우리에 달라붙어 남다른 감상을 늘어놓다가.

“아~ 역시 오늘 동물무늬 옷을 입고 올 걸 그랬어! 동료인 줄 알고 친하게 대해 줬을지도 모르는데! 가을이었으면 입고 올 수 있었는데에~.”

아쉬운 기색으로 제 복장을 점검하기도 했다.

오늘 시라카와가 입은 옷도 평소처럼 딱 봐도 갸루 같은 복장이었다. 늘 입던 어깨가 파인 상의에 심하게 대미지가 들어간 데님 숏 팬츠, 한쪽 끈을 길게 늘어뜨린 합성 가죽 배낭. 신발은 역시 힐이었지만 데님과 배낭 덕택에 전체적인 인상은 캐주얼에 가까운 것이, 그녀 나름대로 동물원이라는 TPO*를 고려한 듯했다.

그렇게 동물을 구경하고 다니길 한 시간 남짓. 차츰 배가 고파지기 시작했다.

오늘은 11시에 A역에서 만나기로 했고 지금은 오후 1시를 넘은 시간이었다. 일요일이라 사람이 많아서 식사를 할 만한 장소는 여전히 런치를 주문하러 온 고객들로 복작거리고 있었다.

“시라카와는 뭘 먹고 싶어? 구역에 따라 판매하는 음식 메뉴가 다른 것 같은데…….”

* TPO : Time(때), Place(장소), Occasion(상황)

내가 묻자 시라카와는 "어?"라고 하더니 눈을 피했다.

"음?"

시라카와는 다시 나를 보더니 재차 눈을 내리깔았다.

"왜 그래? 아직 배 안 고파?"

"아니……."

시라카와는 모호하게 대꾸하더니 어색하게 몸을 움츠린 채 말없이 머뭇거렸다. 그녀답지 않은 반응에 머릿속에 물음표가 쌓여 갔다.

"음…… 그럼, 좀 더 돌아보면서 동물을 구경할까? 동원은 거의 다 봤으니까, 서원으로……."

"저기…… 저기 말이야!"

그때, 시라카와가 겨우 말을 꺼냈다. 얼굴이 살짝 불그스름했다.

"응? 왜?"

내가 묻자 시라카와는 더욱더 얼굴을 붉히더니 머뭇거리며 입을 열었다.

"그게…… 꺼낼까 말까 엄청 고민했는데, 모처럼 일찍 일어나서 열심히 만든 거니까, 조금만이라도…… 줬으면 싶어서."

"엉?"

"그러니까!"

시라카와는 그렇게 말하더니 자포자기한 것처럼 등에 메고 있던 배낭을 내려 안에서 뭔가를 꺼냈다.

"이거! 도시락, 만들었어!"

"헐…… 에에엑?!"

무슨 일이 벌어진 건지 이해가 되지 않았다.

도시락?!

시라카와가?!

그녀가 내민 것을 보자 확실히 도시락이 맞았다. 하얀 플라스틱으로 된 무기질적인 상자는 시라카와답지 않게 매우 심플했다. 가족 걸 빌린 걸까.

"시라카와가 만들었어?! 도시락을?!"

충격이 컸던 나머지 저도 모르게 큰소리로 되묻고 말았다.

"응……."

시라카와는 기어들어갈 것 같은 목소리로 대답하며 뺨을 붉힌 채 고개를 숙였다.

"류토가 케이크 가게 알바 얘길 했던 것도 그렇고, 그런 정석적인 걸 좋아하는 것 같길래……. 내가 요리를 해본 적이 없어서 처음엔 그만둘까 고민했지만…… 류토가 기뻐해 줄지도 모른다는 생각에, 왠지…… 만들어보고 싶어져서."

"시라카와……."

나는 새삼스레 시라카와를 바라보았다.

밝은 갈색의 긴 웨이브 머리도, 길게 연장한 영롱한 네일도 가정적인 이미지와는 정반대다. 말하는 모습을 봐서는 실제 요리에 자신이 있는 것도 아닌 듯했다.

그런 시라카와가 날 위해 도시락을 싸 오다니…….

너무 행복해서 겁이 났다.

"피, 필요 없으면 안 먹어도 돼! 전부 다 내가 먹을 테니까!"

그녀가 내민 도시락을 좀처럼 받아들지 못하고 있었더니, 시라카와가 울상을 지었다. 여전히 발그레한 얼굴로 눈썹을 팔자로 만든 채 도시락을 치우려고 했다.

"아냐, 필요해! 고마워, 시라카와."

나는 황급히 말하며 도시락을 받아들었다.

점심을 사 먹을 필요가 없어졌기에 우리들은 근처 휴게소에서 도시락을 먹기로 했다. 옥외지만 작게나마 지붕이 있고 간이 의자와 테이블이 잔뜩 놓여 있는 곳이었다.

"정말로, 기대하진 마……? 나, 혼자서 도시락을 만들어 본 건 태어나서 처음이야."

시라카와가 수줍게 말했지만, 그 말을 들을수록 오히려 기대치는 폭증하기만 했다. 솔직히 어떤 도시락이든 상관없었다.

시라카와가 처음 만든 도시락…… 과거의 남친들 중 누구도 먹지 못했던 도시락을, 지금 내가, 먹을 권리를 얻은 것이다.

가슴이 펄떡거리는 나머지 뚜껑을 쥔 손이 떨렸다.

"잘 먹겠습니다……."

엄숙한 마음으로 뚜껑을 열고 내용물을 보았다.

모습을 드러낸 도시락의 전모는.

"오오……?"

그것은 오므라이스였다. 한 면이 노란색 달걀 지단으로 감싸여 있으니 틀림없었다.

다만 그 노란색 달걀 지단은 몇 군데가 찢어져 아래의 빨간 치킨 라이스가 보이거나 군데군데 타서 갈색이 되어 있거나 했다. 가니시로 곁들인 브로콜리와 미니토마토가 한쪽으로 쏠린 오므라이스의 압박을 받아 구석에서 괴로이 찌그러져 있었다.

검게 탄 크로켓처럼 한눈에도 맛이 없어 보이는 도시락이 아니라, 요리에 익숙하지 않은 사람이 쩔쩔매며 열심히 만든, 조금 서툴게 보여서 오히려 더 리얼한 도시락이었다.

기특했다. 시라카와를 향한 사랑스러움이 천원(天元)을 돌파할 것 같아 위험했다.

"헐, 왜 이렇지?! 엄청 쏠려 있어! 헐…… 막 만들었을 때는 이것보다 좀 더 나았거든?!"

내용물의 상태를 확인한 시라카와가 쩔쩔맸다.

"괜찮아, 잘 먹겠습니다."

내가 그렇게 말하며 오므라이스에 스푼을 넣으려던 그때였다.

스마트폰이 불규칙적으로 두 번 진동했다. 신경이 쓰여서 주머니에서 꺼내 화면을 보았다.

> 니콜
>
> 도시락 제대로 먹었어??
>
> 남기면 죽는다.

"힉……!"

야마나가 보낸 라인이었다.

"왜 그래?"

내 얼굴이 굳어진 것을 본 시라카와가 무심히 화면을 들여다보았다.

"아! 이거 니콜이잖아."

눈을 크게 뜨며 표시돼 있던 팝업창을 바라보았다.

"야마나한테 도시락 얘기를 했어?"

"그냥, 오늘 아침에 마구 전화해서 깨워달라고 했어. 도시락을 만들려면 무슨 일이 있어도 일찍 일어나야 하니까……. 아빠는 주말엔 계속 자고 할머니는 훌라 댄스 교실에서 만난 친구들이랑 여행 중이거든."

"엥, 자명종 시계나 알람은?"

"그런 걸로 깨긴 힘들지 않아? 잠깐 멈췄다가 다시 잠들어 버리잖아. 니콜은 내가 잠을 깰 때까지 말을 걸어 주니까."

"……."

시라카와는 정말 대단하다. 나였다면 기상이라는 초절정 개인사에 타인을 끌어들일 바엔 자명종을 베에 다이너마이트처럼 두르고 자는 쪽을 택했을 것이다.

"야마나는 아침에 강한가 봐?"

"아니. 어제는 늦게까지 알바를 해서 '귀찮게! 나도 몰라!'라면서 엄청 혼을 냈어."

과연……. 그 분노가 이 라인 메시지로 이어졌다 이 뜻이군.

"그나저나 니콜이랑 라인을 하고 있었구나."

시라카와는 눈을 깜빡이며 말했다.

아, 지난번과 같다, 고 생각했다.

패스트푸드점에서 야마나와 같이 있었던 일에 대해 추궁당했을 때처럼 살짝 석연찮아 하는 얼굴.

"아…… 그게, 생일 얘기를 들었던 날에 야마나가 가르쳐 줬어. 시라카와 일로 뭔가 물어보고 싶거든 라인을 하라고. 그때 이후로 처음이야, 메시지를 받은 건."

왠지 모르게 변명 같아지긴 했지만, 시라카와가 질투하고 있을 거란 생각은 들지 않았기에 톤이 어중간해졌다.

"흐으음, 그렇구나!"

아니나다를까 시라카와는 금방 원래대로 돌아왔다.

……고 생각했더니, 고개를 숙이고는 툭 혼잣말했다.

"역시 난, 내가 생각하는 것보다 류토를 좋아하나 봐……."

"뭐?"

"아니, 아무것도 아냐!"

그리하여 나는 간신히 도시락을 먹기 시작했다.

막상 맛은 각오했던 만큼 위험하진 않았다.

"응, 맛있어!"

그렇게 말해도 빈말이 아닐 정도로 가정에서 만들었다는 걸 감안하면 지극히 평범한 오므라이스 맛이었다.

솔직히 설탕과 소금을 착각한 수준의 아주 맛없는 도시락이었어도 나에게는 3성 레스토랑급으로 귀했을 것이었다.

내가 동경하던 시라카와가 손수 만든 도시락이니까.

"정말?! 만세!"

시라카와는 작은 어린애처럼 천진난만하게 기뻐했다.

"처음 만든 건데, 나 천잰가 봐! 커서 셰프나 될까~?"

"엇, 유튜버가 된다고 하지 않았어?"

"으으음, 되고 싶은 게 많아서 고민돼!"

오늘의 시라카와는 잘 웃었다. 원래도 밝은 아이였지만 처음 때보다 둘이 있을 때 미소가 늘었다.

나를 전보다는 좋아하게 된 걸까?

그렇다면 아주 약간의 스킨십쯤은 허락해 주려나……?

시라카와가 귀엽게 보일 때마다 그녀를 만지고 싶어져 곤란했다. 처음에는 함께 있는 것만으로도 행복했건만, 어느새 욕심이 부쩍 는 듯했다.

◇

점심 식사를 마친 뒤 한 시간 정도 더 동물을 구경하며 원내를 한 바퀴 돈 우리들은 동물원을 뒤로했다.

마침내 때가 왔다.

오늘의 최대 목적, '시라카와와 보트를 타다 발밑이 불안정해지는 탑승/하차 구간에서 저도 모르게 내 쪽으로 내민 손을 잡는' 미션을 개시하는 거다.

그러려면 시라카와를 보트로 잘 유인해야 했다.

나는 쿵쿵거리는 속마음을 애써 감추며 시라카와와 나란히 동물원 바깥 길을 걷고 있었다.

동물원 서원은 우에노 공원 시노바즈 연못과 붙어 있어서, 문을 나서면 필연적으로 연못을 따라 걷게 되어 있었다.

"커다란 연못이네~!"

연못 방향을 보며 시라카와가 탄성을 질렀다.

"그러게."

날씨가 좋아서 그런지 슬슬 3시가 다 되어 해가 기울어가는 이 시각에도 여러 대의 보트가 나와 있었다. 눈에 띄는 건 단연 백조 보트였지만, 평범한 보트도 있다는 건 사전에 확인을 마쳤다.

"아!"

그때, 시라카와가 연못 쪽을 가리켰다.

"보트도 있어! 재밌겠다!"

"……타 볼래?"

너무나도 좋은 패스가 들어와 주는 바람에, 긴장해서 살짝 목소리가 뒤집어졌다.

"응, 타 볼래!"

시라카와는 흔쾌히 승낙하는 것이 의욕이 만만해 보였다. 눈이 기쁨에 차 반짝이고 있다.

"보트는 초등학교 때 이후로 처음 타 봐! 배를 저을 수 있을까?!"

"아니, 내가 할게."

"엇, 그치만 같이 저어야 하는 거 아냐?"

"그러면 보트가 아니라 카누지!"

"엥~?!"

시라카와의 엉뚱한 토크에 웃으며 우리들은 보트가 일렬로 매어져 있는 잔교로 향했다.

보아하니 매표기에서 티켓을 사서 잔교 끝에 있는 탑승장으로 향하는 시스템인 듯했다.

"아~ 그런데 보트는 더울 것 같지 않아?"

시라카와가 그렇게 말해서 평범한 보트 대신 지붕이 있는 사이클 보트 티켓을 끊었다. 자전거 페달처럼 생긴 것을 돌려 나가는, 발로 노를 젓는 구조의 보트로 백조 보트에서 백조 머리 부분을 뗀 버전이라 할 수 있었다.

"30분 탈 수 있는 거야? 재밌겠다!"

시라카와는 들뜬 목소리로 말하며 직원에게 안내받은 보트로 향했다.

"발밑을 조심하고……."

그녀는 10센티로 추정되는 힐이 달린 구두를 신고 보트에 올라타려 했다.

"왁……!"

발밑이 비틀거렸다. 이때다 싶어 손을 내뻗으려 한 그때.

"와~! 경치 완전 좋다!"

시라카와는 금방 밸런스를 잡고는 정신이 들자 무사히 보트에 탑승해 있었다.

"……응, 그러게……."

필시 방금 실패한 원인은 시라카와를 먼저 승선시켰기 때문이리라. 사람은 발밑이 흔들리면 보통 자기 몸의 앞쪽으로 손을 내미는 법이다. 만약 내가 먼저 배를 탔다면 자연스러운 형태로 잡아줄 수 있었을지도 몰랐다.

"……."

침착하자. 내릴 때도 기회는 있다.

그렇게 스스로에게 되뇌며 냉정을 유지했다.

"왜 그래, 류토?"

배를 젓기 시작한 지 얼마 안 되어 시라카와가 말을 걸어와서 나는 "엥?"하고 옆을 보았다.

"뭐가?"

보트 안은 좁았다. 어깨가 맞닿을 만큼 가까운 거리에 있는 그녀의 너무나 아름다운 얼굴을 보자 괜히 가슴이 두근거리고 땀이 났다.

이렇게 귀여운 애와 손을 잡으려고 하는 건가, 난.

……정말 잡을 수 있을까?

하지만 손을 잡는 것마저 거부당한다면 미래에 그녀가 나에게 '섹스하고 싶다'고 말해 줄 가능성은 상당히 희박하다고 생각하는 게 나왔다.

그런 생각을 하다 보니 더욱더 긴장이 됐다.

“왠지 넋이 나간 것 같아서. 피곤해?”

“엇, 아니…….”

이상하다고 의심하고 있으니 솔직히 말해 버릴까. 이따가 손을 잡으려고 획책 중이란 건 비밀로 해야겠지만.

“……시라카와를 보다 보니 너무 귀여워서, 나도 모르게 넋이 나갔어…….”

부끄러움을 참고 말한 나를 시라카와가 “엇” 하고 소리를 내며 쳐다보았다. 그 뺨이 금세 발그레해졌다.

“바보.”

멋쩍은 듯이 눈살을 찌푸린 표정이 또 사랑스러워서, 사진으로 남길 수 있었으면 좋았을 텐데 하고 아쉬워했다.

“아!”

그때, 시라카와가 배낭 주머니에서 스마트폰을 꺼냈다.

“사진 찍자!”

“어?! 으, 응.”

마음을 읽힌 것 같아 가슴이 두근거렸다.

갸루 하면 마구 셀카를 찍는 모습이 연상됐지만, 시라카와는 그 정도로 사진광은 아니었다. 같이 있을 때는 셀카도 거의 찍지 않아서, 그간의 데이트 중에도 같이 사진을 찍은 적이 없었다.

“앗, 느낌 좋다~.”

시라카와는 포토 앱 내장 카메라를 켠 뒤 화각을 확인했다.

"좀 더 붙어 봐."

시라카와는 그렇게 말하며 내게 몸을 붙였다. 기다란 웨이브 머리에서 꽃향기인지 과일향기인지 모를 향기가 훅 피어올라 콧속을 간질였다. 늘 뿌리고 다니는 성숙한 느낌의 향수와 섞여 무어라 말할 수 없는 여성스러운 향기가 감돌았다.

"자, 카메라 쳐다봐!"

긴장해서 완전히 다른 방향을 보고 있던 내게 시라카와가 웃으며 말했다.

"그럼 찍는다~."

그 순간, 시라카와가 내 어깨에 살짝 머리를 얹었다.

"……?!"

다음 순간 셔터 버튼이 눌러졌다.

"아, 느낌 좋다!"

시라카와가 보여 준 화면에는 놀라서 경직되기 직전의 내 얼굴이 찍혀 있었다.

"이거, 잠금화면 배경으로 쓴다?"

시라카와는 눈만 들어 나를 보며 장난스레 웃었다.

"어어…… 아니, 잠깐…… 그건 좀 민망한데……."

얼굴을 붉힌 채 횡설수설하자 시라카와는 "하긴~." 하고 웃었다.

"그럼 홈 화면 배경으로 쓸까?"

그녀는 그렇게 말하고는 '설정'을 눌러 거침없이 폰을 조작했다.

"아, 괜찮지 않아?"

두 사람의 사진 위로 앱 아이콘이 나란히 늘어선 화면을 보게 되자 다시 창피함이 몰려왔다.

"류토도 하자아."

떼를 쓰듯 말해서 가슴을 두근거리며 '알았다'고 대답했다. 라인으로 보내져 온 이미지를 배경으로 설정해 보여 주자 시라카와는 기쁘게 웃었다.

"후후, 또 커플 아이템이 늘었네."

그 미소가 눈이 부신 건 연못 수면에 반사된 오후의 햇빛 때문만은 아니리라.

좁은 보트 공간 안에서 평소보다 가깝게 시라카와를 느끼고 있자니…… 영원히 여기에 있었으면 좋겠다는 생각이 들었다.

◇

하지만 시간은 무정히도 흘러 눈 깜짝할 사이에 30분이 지나갔다.

아쉬움을 가득 안고 잔교로 돌아와 보트를 세웠다. 먼저 보트를 내려온 나는 시라카와가 일어나 내려오기를 기다렸다.

그렇다.

이번에야말로 손을 잡기 위해서.

"영차!"

하지만 시라카와는 가뿐한 동작으로 일어나더니 발밑을 비틀거리는 기색도 없이 지상으로 내려와 서고 말았다.

"……."

승선 때와 반대로 하선은 불안정한 곳에서 안정된 곳으로 내려서는 행위였다. 균형감각만 좋다면 도움은 필요 없는 셈이었다.

계획, 실패.

"보트, 꽤 재밌었지! 기분 좋았어~."

"그러게……."

시라카와는 기분이 들떠 있었지만, 나는 패잔병이 된 기분으로 기운이 빠져 있었다.

"이제부터는 뭐할 거야?"

"그러게……."

"집에 가?"

"으음 그건…… 아니."

시간은 아직 네 시도 되기 전이었다. 포기하지 못한 나는 애매하게 고개를 저었다.

마음 같아선 한 번 더 보트를 타서 다시 시도해 보고 싶었지만, 그 말을 꺼냈다간 나를 이상한 눈으로 볼 것 같아서 불안했다.

"잠시 걷지 않을래?"

고민한 끝에 짜낸 제안이 그것이었다.

내 얼굴이 어지간히도 진지해 보였던 걸까.

그 순간 시라카와의 표정이 바뀌었다.

"……알았어."

그 단정한 얼굴에서 웃음기가 사라지더니, 아주 살짝 긴장감이 감돌았다.

그렇게 한동안 우리들은 말없이 연못 둘레 길을 걸었다.

시라카와를 좋아한다.

그녀도 나를 좋아해 주고 있다고 생각한다. 그도 그럴 것이 이렇게 잘 대해 주는데다 교제도 계속 이어가 주고 있으니까.

하지만 그녀는 아직 '섹스하고 싶다'는 말은 하지 않았다.

그걸 생각하면 겁이 났다. 대놓고 '손을 잡자'고는 도저히 말할 수 없었다.

하지만 닿고 싶었다.

나에게 여자애를 '좋아'한다는 건 만지고 싶은 충동이나 마찬가지다.

하지만 시라카와의 '좋아'는 아무래도 그렇지만은 않은 모양이었다. 그게 이해가 되지 않아서 고통스러웠다.

상처 입히고 싶지 않지만, 슬슬 괴로워지기 시작했다. 좋아하는 마음이 커지기 시작해서다. 하지만 과거의 남자친구들처럼 섹스를 '의무'라고 여기게 하는 사람이 되고 싶지도 않았다. 그래서 스킨십에도 신중해졌다.

그도 그럴 것이 시라카와는 배려심이 있는 아이니까. 내 욕망을 눈치 채면 자기 기분은 뒷전으로 돌린 채 뭐든지 허락해 줄 게 뻔했다.

"……있잖아, 류토."

그런 생각을 하고 있는데, 옆에 있던 시라카와가 갑자기 멈춰섰다.

"응?"

정신을 차린 내게 시라카와는 진지한 시선을 보냈다.

"하고 싶은 말이 있으면 해."

"어……."

설마 내 흑심을 눈치 챈 걸까.

하지만 그걸 곧이곧대로 말할 수는……. 내가 고민하는데 시라카와가 험악한 얼굴로 입을 열었다.

"나 뭔지 알아, 그런 거. ……다들 평범하게 데이트를 하다 이런 느낌으로 흘러가서는 말을 꺼내거든."

"어?"

무슨 얘긴가 싶어 눈썹을 찌푸렸다. 그러자 시라카와의 표정에 비통함이 어렸다.

"솔직히, 난 헤어지기 싫어. 류토 하고는 좀 더 친해지고 싶고…… 좋아했어. 내 머리가 나빠서 잘 전달되지 않았을지도 모르겠지만…… 점점 좋아하게 됐어."

"엥, 잠깐만 기다려, 무슨 얘기야?"

아무래도 시라카와가 하려는 말은 내 생각과는 다른 모양이다. 그것을 깨달은 나는 그녀의 말을 중단시켰다.

"어?"

시라카와는 당황하고 있었다.

"나랑 헤어지고 싶다는 얘기 아니었어?"

"뭐어?! 전혀 아냐!"

1밀리도 생각하지 않았던 말을 듣자 왈칵 조바심이 밀려왔다.

"왜, 왜 그런 소릴 해……?!"

"그치만, 복잡한 얼굴로 묵묵히 목적도 없이 걷고 있었잖아."

"엥?! 아니, 그건 그러니까……."

거기서 방금 전 그녀가 했던 말을 떠올렸다.

—나 뭔지 알아, 그런 거. ……다들 평범하게 데이트를 하다 이런 느낌으로 흘러가서는 말을 꺼내거든.

아, 그래서였구나.

예전 남자친구들에게 여태껏 그런 식으로 이별을 통보받아 왔던 거였어.

누군가가 나와의 관계를 끊는다는 건 고통스러운 일이었다. 나는 쿠로세에게 고백했다 거절당한 게 다인데도 트라우마가 생길 만큼 상처받았다. 고백을 받아주지 않았을 뿐인데도 나 자신을 송두리째 부정당한 느낌을 받았던 것이다.

시라카와는 그보다 고통스러운 경험을…… 한 번 자신을 받아주고 자신도 마음을 허락했던 존재에게 갑작스레 내쳐지는 경험을 벌써 몇 번이나 겪은 셈이었다.

먼저 내게 얘기를 하라고 닦달한 것도 조금이나마 상처가 얕을 때

정리하기 위해서…… 더 이상 상처 입고 싶지 않은 그녀의 방어본능이 시킨 일이었는지도 몰랐다.

"나는 시라카와랑 헤어질 생각이 전혀 없어."

나는 예전 남자친구들과는 다르다.

그런 생각은 지금은 전혀…… 만에 하나라도 하고 싶지 않지만.

혹시라도 언젠가 이 사랑이 끝날 날이 온다고 해도.

그건 절대로 내가 먼저는 아닐 것이었다.

"내가 방금 생각했던 건……."

아까부터 내가 고민하고 있었던 건 그녀의 상처를 생각하면 하잘것 없이 사소한 문제처럼 보였다.

"한 번 더 보트를 타고 싶다…… 는 거였어."

내 말에 시라카와는 어리둥절한 표정을 지었다.

"……어, 보트? 그게 다야?"

"응. 방금 막 탔는데 또 타자고 하면 이상하겠지 싶어서."

내가 고개를 끄덕이자 시라카와의 얼굴이 웃음기가 돌아왔다.

"그렇게 보트가 좋았어? 하는 수 없지~, 한 번 더 타 볼까! 확실히 기분 좋긴 했어~!"

그 해맑은 미소를 보고 있자니 새삼 그녀를 향한 애정이 솟구쳤다.

……결심했어.

작전을 변경한다.

시라카와가 손을 내밀어 주기를 기다리는 건 관두자.

용기 내 먼저 손을 내미는 거다.

나는 널 만지고 싶어. 혹시라도 불쾌한 얼굴을 하면, 깔끔하게 사과하고 때가 무르익기를 기다리자.

그거면 된다.

마침내 보트를 타는 곳으로 돌아가자 시라카와는 매표기 앞에서 내게 말했다.

"기왕 타는 거 이번엔 평범한 보트에 타 보지 않을래?"

"상관없지만, 햇빛 괜찮겠어?"

"응, 아까보다 해도 많이 기울었고."

그렇게 손으로 노를 젓는 보트의 표를 사서 잔교로 향했다.

손으로 젓는 보트는 구조상 방금 탄 사이클 보트보다 불안정하고 위태로웠다.

먼저 보트에 탄 나는 잔교에 선 시라카와를 향해 손을 내밀었다.

"괜찮으면 잡아."

얼마 없는 용기를 쥐어 짜낸 나머지 차마 그녀의 눈을 볼 수가 없었다.

"……."

순간 흐른 침묵에 불안해져서 시선을 들었다.

그곳에 있던 시라카와의 얼굴에는 놀람과 수줍음이 어려 있었다.

"어, 고마워……."

시라카와는 머뭇거리며 고운 손을 내밀었다. 내 손에 부드럽고 촉촉한 감촉의 따스한 피부가 닿았다.

그것을 살며시 붙잡자 가슴이 울컥 달아올랐다.

시라카와가 내 손을 잡고 보트로 올라왔다.

"……다정하네, 류토."

작은 목소리로 그렇게 말한 시라카와의 눈동자는 기분 탓인지 물기에 젖어 있는 것처럼 보였다.

하지만 그렇게 손을 잡은 건 아주 찰나였다.

이내 누가 먼저랄 것 없이 손을 뗀 우리들은 보트에 마주 보고 앉았다.

첫 스킨십의 여운에 젖어 들 새도 없이 투박한 노를 잡게 되었지만, 노를 젓지 않으면 연못으로 나가지를 못하니 어쩔 수 없었다.

보트를 젓기 시작한 뒤로 우리들은 한동안 말이 없었다.

그것은 기분 좋은 침묵이었다.

연못 주변에는 공원의 녹음이 움터 있었고 그 맞은편에는 고층 빌딩이 보였다. 물은 탁해서 물고기가 보이지 않았지만, 건너편에서는 오리가 떼 지어 헤엄치고 있었다.

나는 그런 주위 풍경을 바라보며 만족스러운 기분으로 노를 저었다.

"……역시, 이쪽 보트로 하길 잘 한 것 같아."

잠시 후 시라카와가 불쑥 중얼거렸다.

"응?"

무슨 뜻인가 싶어 보자 시라카와는 내게 웃어 보였다.

"류토와 손을 잡을 수 있었으니까."

그 뺨은 어렴풋이 붉게 물들어 있었다.

"어……."

"류토랑 손을 잡고 싶다고, 요 며칠 계속 생각했어. 그래서 다른 때보다 더 다가가 보기도 했는데, 눈치 못 챘어?"

그렇게 말하니 생각이 났다. 같이 집으로 돌아갈 때 갑자기 팔을 붙잡은 것. 사이클 보트 안에서 셀카를 찍으면서 어깨에 머리를 기댄 것도.

그게, 그런 사인이었구나.

"싫어할까 봐 확실히 말하지 못했어. 아직 먼저 섹스하고 싶은 기분까지는 들지 않는데 손은 잡고 싶다니 제멋대로잖아. 남자는 한 번 만지면 끝까지 하고 싶어진다며?"

"엇, 아니, 그런……."

아무리 내가 동정이라지만 손을 잡기만 해도 제어가 되지 않을 만큼 성욕 몬스터인 건 아니다. 이런 시라카와의 남자에 대한 이해와 오해가 병존하는 느낌이, 귀엽지만 한편으로는 위태해 보이기도 했다.

내가 지켜줘야겠다는 사명감이 솟구쳤다.

"……나도, 시라카와와 손을 잡고 싶었어."

솔직하게 사백하자 시라카와는 홱 딕을 들어 나를 쳐다보았다.

"정말이야?"

"응."

내가 고개를 끄덕이자 그 얼굴이 환한 미소로 채색되었다.

"흐으음, 그랬구나……."

그것은 뭔가를 꾸미는 듯한 미소였다.

그러더니 그녀는 냉큼 자리에서 일어났다.

"시라카와? 위험……."

대체 뭘하려나 싶어 의아해하고 있으려니 그녀는 그대로 엉거주춤하게 서서 보트 선체에 손을 대고는 힘차게 좌우로 흔들었다.

"엥?!"

보트가 크게 기우뚱거리고 수면에 친 물보라가 선내로 날아들었다.

"왜, 왜 이래?! 위험하니까 그만하고……."

그때였다.

시라카와가 별안간 내 쪽으로 몸을 붙였다. 귀여운 얼굴이 코앞으로 다가왔다.

대비할 새도 없이 입술에 보드랍고 따뜻한 것이 닿았다.

키스를 했다.

그 사실을 깨달았을 때는 입술은 이미 떨어지고 없었다.

"빈틈 발견!"

다시 자리에 앉은 시라카와가 그렇게 말하며 웃었다.

"……."

나는 노를 젓는 것도 잊고 혼이 나간 듯 정신을 차리지 못했다.

시라카와와 키스…….

시라카와와 키스…….

그 말만이 뇌리를 맴돌았다.

손을 잡는 것만 해도 큰일이었는데 키스까지 해 버리다니.

믿기지가 않았다.

가슴이 뜨거워지고 머릿속이 시라카와로 가득 찼다.

아아. 이젠 정말이지, 시라카와가 좋아서 죽을 것 같아.

"……우리들, 같은 생각을 한 거 맞지?"

그런 나에게 시라카와는 수줍게 웃어 보였다.

"난 류토와 좀 더 가까워지고 싶어. 류토를 좋아하게 되고 싶어. 류토랑……."

눈을 내리깐 채 그렇게 말한 뒤 그녀는 다시 나를 보았다.

"'진짜로 좋아하는' 사이가 되고 싶어."

그 말을 들으며 나는 퍼뜩 정신이 들었다. 막 사귀기 시작했던 날 나눈 대화가 떠올랐다.

시라카와가 그렇게 생각하고 있었다니…….

감개에 젖어 있는데, 시라카와가 달아오른 뺨을 두 손으로 부채질하며 나를 보았다.

"솔직히, 내가 먼저 키스하는 건 처음이거든. 완전 창피해!"

화를 내듯 삐죽거리는 입술이 귀여웠다.

그 뒤 우리들은 눈을 마주 보고서 작게 웃었다.

잔교에 이르러 보트에서 내려오며 나는 다시 시라카와에게 손을 내밀었다.

"잡아."

"고마워."

시라카와는 수줍게 손을 잡았다.

그녀가 잔교로 올라왔기에 손을 떼려고 했더니, 잡은 손에 꾹 힘이 들어갔다.

"시, 시라카와……?"

깜짝 놀라 쳐다보자 시라카와는 장난기가 어린 미소를 지었다.

"조금만 더, 이러고 있으면 안 될까?"

"엇…… 어, 응."

그렇게 우리들은 손을 잡은 채로 공원 안을 걷기 시작했다.

"그런데 있잖아, 그 '시라카와'라는 호칭, 슬슬 그만하면 안 돼?"

"어?!"

갑작스러운 제안에 나는 시라카와를 보았다.

"그럼, 뭐라고 불러……?"

그러자 그녀는 살짝 토라진 표정을 지었다.

"나, 루나라고 하거든?"

"아……."

그, 그런 뜻이었구나…….

"어, 음, 그럼……."

여자 이름을 성 말고 따로 불러본 적이 없어서 마음의 준비를 하는데 시간이 걸렸다.

설마, 시라카와를 이름으로, 그것도 막 부르게 될 날이 올 줄이야.

"루, 루루루……."

큰일이다, 또.

고백 때와 같은 현상이 일어나는 바람에 나는 어찌할 바를 몰라 쩔쩔맸다.

"루—루루……."

결코 여우를 부르고 있는 게 아니다.* 시라카와가 웃음을 터뜨리지 않고 기다려 주고 있다는 것이 그나마 다행이었다.

"……루나……."

겨우, 제대로 말할 수 있었다. 처음으로 불러 본 루나의 이름은 내 목소리인데도 내가 말한 단어가 아닌 것 같은 이상한 기분이 들었다.

"왜애?"

시라카와는 일부러 과장되게 반응하며 등을 굽히고는 눈만 들어 내 얼굴을 들여다보았다.

"엇, 아냐."

볼일이 있어서 부른 건 아니었기에 당황했다.

"피, 피곤하지 않아? 시라가와. 어디 앉을까?"

"괜찮아. 방금도 보트에 앉아 있다 왔으니까."

"아……."

그랬지 참.

* 일본의 국민 드라마 『북쪽 나라에서』의 등장인물 호타루가 야생여우를 부르며 '루—루루루루'라는 소리를 낸다.

"그나저나 또 '시라카와'로 돌아갔네."

"앗, 미안……."

진짜 한심하다, 나…….

그렇게 생각하며 침울해하는데, 시라카와가 후후 소리 내 웃었다.

"됐어. 저절로 익숙해질 때까지 기다리지 뭐."

그리고는 나를 안심시키듯 꽉 손을 잡아 주었다.

"시라카와……."

정말 멋진 여자애다.

이런 매력적인 여자친구에게 손색없는 남자가 되고 싶다, 하루라도 빨리…….

"……류토, 손이 차갑네."

감동에 차 있는 내게 시라카와가 불쑥 그렇게 말했다.

"정말? 미, 미안, 긴장해서 그만……."

아까부터 계속 사과만 하는 내게 시라카와는 이상하다는 듯이 웃었다.

"괜찮아, 이제 여름이니까. 내가 따뜻하게 데워 줄게."

그렇게 말하고는 살며시 뺨을 붉히며 수줍은 미소를 지었다.

"그래도 왠지 좀 부끄럽긴 하다."

나도 얼굴이 빨갛긴 마찬가지였지만 시라카와도 정말로 부끄러웠던 모양인지 얼버무리듯 하늘을 올려다보았다.

"아…… 맨 처음에 섹스를 했다면 분명 이렇게 부끄럽진 않았겠지.”

위를 올려다본 채 시라카와는 그렇게 혼잣말했다.

“손을 잡는 것도 키스하는 것도, 온통 창피한 일들뿐이야. 류토를 가까이에서 느낄 때마다 점점 좋아져 가는 것 같은 기분이 들어.”

그리고는 내 쪽을 바라보았다.

“이런 건 처음인데.”

불퉁한 표정으로, 뺨을 상기시킨 채 그렇게 말했다.

“책임져 줄래?”

프러포즈처럼 들리는 발언에 가슴이 두근거렸다. 나는 시라카와의 시선을 받아내며 힘주어 고개를 끄덕였다.

“나라도 괜찮다면…… 기, 기꺼이.”

그러자 시라카와는 활짝 웃었다.

“정말~. 왜 이렇게 부끄러운 건지 모르겠어.”

잡은 손에 꽉 힘이 실린다.

연못 쪽에서 불어온 바람이 조금씩 한여름이 기운이 완연해지기 시작하는 저녁 공기를 산뜻하게 밀어 보냈다.

옆에는 시라카와가 있다.

나는 '예선 남사친구'는 되지 않을 것이다.

이 아이를 소중히 아껴 주고 싶다.

이 미소를 계속 지키고 싶다.

이제 다시는 슬픈 얼굴을 하게 만들고 싶지 않다.

나는 그런 다짐을 하며, 따스하고 가녀린 손을 살며시 마주 잡았다.

제 5 . 5 장
쿠로세 마리아의 비밀일기

분하다. ……루나에게 졌다.

설마 카시마 류토와 사귀고 있었다니.

대체 무슨 속셈이지? 무엇을 노리는 걸까? 아니면 저렇게 보여도 실은 좋은 남자라거나?

……확실히, 내 얘기를 들어 줬을 때는 조금 멋진 것 같기도 했다.

그렇게 남에게 가족 얘기를 해본 건 부모님이 이혼한 뒤로는 처음이었다.

어째서 그 녀석에게 털어놓은 건지는 나도 잘 모르겠다.

심지어 더욱 알 수 없는 건…… 그 뒤로 계속 카시마 류토를 생각하고 있다는 것이다.

하지만, 처음이었다. 그런 식으로 한 사람의 인간으로서 나와 마주 보고 얘기를 들어 준 남자는.

내 주위에는 얼뜨기 같은 얼굴로 내 거짓 미소를 멍하니 쳐다보는 남자들밖에 없었으니까.

4년 전에는 그 녀석도 그런 남자들 중 한 명이었는데.

"쿠로세가 언젠가 진심으로 좋아해 볼 만한 남자를 만났을 때, 그 사람에게 사랑받을 수 있는 여자애가 되는 걸 목표로 삼아 보는 게 낫지 않을까?"라고 그 남자는 말했지만.

이미 다른 여자를 쳐다보는 남자를 좋아하게 될 것 같아졌을 때는 대체 어떻게 해야 하지?

심지어 그 '다른 여자'가 하필이면 루나라니…….

맞아.

빼앗으면 되지.

나는 아직 루나를 용서하지 않았다.

헛소문을 퍼뜨린 건 내 잘못이 맞기에 사과했지만, 원인을 따지면…… 제일 잘못한 사람은 나한테서 아버지를 빼앗은 그 애니까.

카시마 류토를 루나에게서 빼앗아 주겠어.

이 세상에서 가장 소중한 사람을 빼앗긴 나와 같은 슬픔을 맛보게 해주지.

그것이야말로 내 복수.

오늘부터가 내 진정한 복수의 시작이야.

기대하고 있으라고, 루나.

에필로그

데이트를 마치고 집으로 돌아가는 길. 동물원을 나와 번화가에서 가볍게 차를 마신 뒤 우에노역으로 향하고 있을 때였다.

"류토, 반창고 같은 거 안 가지고 있지?"

시라카와의 물음에 나는 "어?" 하고 그녀를 보았다.

"그건 왜?"

그러자 시라카와는 난처한 얼굴로 입을 열었다.

"발이 아파서……. 발뒤꿈치에 물집이 터졌나 봐."

"헉, 괜찮아? 구두에 쓸렸어?"

"응……. 오늘 처음 신은 구두라서."

시라카와, 나랑 데이트를 하려고 새 구두까지 신었구나……. 그건 기뻤지만, 구두에 쓸렸다니 걱정이 됐다.

"편의점에 반창고가 있나 보고 올게. 잠시만 기다려."

나는 그렇게 말하고는 때마침 지나가던 편의점으로 향했다.

"반창고, 반창고……."

직접 사 본 기억이 별로 없는 물건이라 대충 놓여 있을 만한 코너를 살펴보았다.

"찾았다."

위생용품이 진열돼 있는 코너에서 낯익은 패키지를 발견했다.

손을 뻗으려다 문득 옆쪽을 보자 같은 사이즈에 더 스타일리시한 디자인의 상자가 좌르륵 놓여 있었다.

시라카와한테는 이쪽이 나으려나 싶어 손에 집어 들려다 멈칫했다.

자세히 보니 그건 남성용 피임기구…… 소위 말하는 콘돔 상자였다. 유난히 얇다는 것을 강조하는 패키지의 문구를 보면 틀림없었다.

"찾았어~?"

그때 옆에서 시라카와의 목소리가 들려와서 나는 펄쩍 뛰며 뒷걸음질 쳤다.

"어, 으어?! 그……, 그냥 밖에서 기다리지 그랬어. 다리도 아플텐데."

"한 걸음도 못 걸을 정도는 아니니까 괜찮아."

그렇게 대답한 시라카와는 내가 손을 뻗고 있던 진열 선반을 쳐다보…… 는 척하더니, 내 얼굴을 보며 씩 웃었다.

"아~ 이걸 보고 있었구나?"

시라카와가 가리킨 건 아까 집을 뻔했던 콘돔 상자였다.

"반창고인 줄 알았어?"

"오, 오해! 오해야!"

"그치만 집으려고 했잖아?"

다 보고 있었구나……!

"그럼, 뭔 줄 알고 집으려고 했어?"

“그, 그건…….”

반창고로 착각할 뻔했기 때문이지만, 그간 이 상품과 인연이 없었던 모쏠이었다는 걸 드러내는 꼴이라 차마 창피해서 시라카와에게 설명할 수 없었다.

시라카와는 횡설수설하기 시작한 나를 보더니 와락 웃음을 터뜨렸다.

“류토, 귀여워~! 얼굴이 새빨개졌어.”

“……우읏…….”

역시, 시라카와한테는 못 당하겠다.

후기

안녕하세요, 나가오카 마키코입니다.

이 책을 구매해 주셔서 감사합니다.

아무튼 그래서, 이번에는 좀 가슴이 철렁 내려앉는 제목의 러브 코미디입니다.

원래 극렬 처녀파라 남성향 라이트노벨을 쓰게 된 제가 설마 이런 속성의 히로인을 쓰게 될 줄은…… 10년 전의 제가 들었다면 기겁을 했겠지요.

전작 〈이세계에서 로리에게 응석을 부리는 건 잘못된 걸까?〉를 마무리한 뒤 신작에 관해 담당자님과 이런저런 얘기를 나누다가 이번에는 오랜만에 정통파 학원 러브 코미디를 써 보자는 얘기가 나왔는데요, 기왕 하는 거 새로운 관점으로 한번 시도해 보자 싶어서 그 뒤로도 계속 이런저런 얘기를 나누다 보니 어느새 이런 히로인과 주인공 얘기가 되어 있었습니다.

학창시절 저는 굳이 따지자면 류토 쏙 사람이었기에, 당시 주변에 있던 그 애나 그 애…… 화려하고 살짝 성숙하고 태양처럼 눈부신 존재였던 동경하던 미소녀들을 떠올리며 시라카와를 묘사했습니다.

이런 타입의 히로인을 묘사하기까지 류토처럼 제 안에서도 소소한 갈등이 있었습니다만, 시라카와는 정말 귀여운 여자애라 독자 여러분들께도 아무쪼록 사랑받을 수 있기를 기도하고 있습니다.

쿠로세도 귀엽죠. 이런 순정만화 같은 캐릭터성을 가진 여자애는 돌이켜보면 그동안 별로 메인으로 써본 적이 없어서 정말 즐거웠습니다. 2권에서는 좀 더 노력해 줬으면 좋겠네요. 발전 가능성이 큰 아이라 작자로서도 앞으로에 기대를 걸고 있습니다.

니콜도 좋아합니다. 제가 묘사하는 여자애의 친구 캐릭터는 친구를 생각하는 인정이 두터운 캐릭터가 되기 일쑤인데요, 제 친구가 그런 타입이라 무의식중에 투영되고 있는 것 같기도 합니다. 정작 당사자는 제가 쓴 책을 한 권도 읽어 주지 않았지만요…….

류토의 친구들도 쓰면서 재밌었습니다. 이번에는 오랜만에 친구다운 남자 캐릭터를 등장시켜 봤는데요, 역시 친구들과 바보짓을 하는 남자애는 재밌구나 싶었습니다.

류토는 저라서 딱히 할 말은 없습니다…….

이번에 류토의 입장에서 시라카와와 연애하는 모습을 집필하기에 앞서 만약 자신이 운 좋게도 동경하던 미녀 배우와 사귈 수 있게 됐다고 쳤을 때, 그녀가 처음이 아니라는 사실을 알게 됐다고 해서 사귀길 관둘 것인가? 라는 사고실험을 해봤는데요.

절대 그만둘 수 없겠더라고요…….

즉, 이 얘기는 그런 얘기입니다. 제목을 보고 "오오오?"라고 반응하시는 분도 계실지 모르겠습니다만, 이 책을 읽어 주신 당신께서 혹시라도 류토와 시라카와의 연애를 계속 지켜보고 싶다고 생각해 주신다면 다행이겠습니다.

일러스트를 담당해 주신 magako님, 멋지고 귀여운 일러스트를 잔뜩 그려 주셔서 감사합니다! 담당자님께 데이터를 받을 때마다 너무 멋져서 혼자 환성을 지르고 있습니다.

플롯 단계부터 세심하게 상담에 응해 주신 전 담당편집자 스즈키님, 신세가 많았습니다. 3년 동안 감사했습니다. 그리고 새로 담당을 맡아주신 마츠바야시 님, 벌써부터 잔뜩 신세를 지고 있습니다. 꼼꼼한 일 처리에 늘 감사하고 있습니다. 앞으로도 잘 부탁드립니다!

그리고 멋대로 KEN의 모델로 삼은 K●N님께 이 자리를 빌려 몰래 감사와 경애를 전합니다.

마지막으로 이 책을 구매해 주신 독자 여러분께 진심을 담은 최고 큰절을 드리겠습니다.

2권에서 또 만나 뵐 수 있기를!

2020년 8월 나가오카 마키코

경험 많은 너와 경험 없는 내가 사귀게 된 이야기. 1

초판 1쇄 인쇄 2022년 04월 10일
초판 2쇄 발행 2022년 07월 31일

저자 : 나가오카 마키코
번역 : 조기

펴낸이 : 이동섭
편집 : 이민규, 탁승규
디자인 : 조세연, 김형주
영업 · 마케팅 : 송정환, 조정훈
e-BOOK : 홍인표, 서찬웅, 최정수, 김은혜, 이홍비, 김영은
관리 : 이윤미

㈜에이케이커뮤니케이션즈
등록 1996년 7월 9일(제302-1996-00026호)
주소 : 04002 서울 마포구 동교로 17안길 28, 2층
TEL : 02-702-7963~5 FAX : 02-702-7988
http://www.amusementkorea.co.kr

ISBN 979-11-274-5207-0 04830
ISBN 979-11-274-5206-3 04830 (세트)